别样的智慧

王蒙 著

人民文学出版社

图书在版编目（CIP）数据

别样的智慧 / 王蒙著. -- 北京 : 人民文学出版社, 2025. -- ISBN 978-7-02-019214-4

Ⅰ.I267

中国国家版本馆CIP数据核字第20258WK178号

选题策划	杨　柳
责任编辑	薛子俊
装帧设计	刘　静
责任印制	苏文强

出版发行　人民文学出版社
社　　址　北京市朝内大街166号
邮政编码　100705

印　　刷　河北环京美印刷有限公司
经　　销　全国新华书店等

字　　数　134千字
开　　本　850毫米×1168毫米　1/32
印　　张　7.625　插页2
印　　数　1—10000
版　　次　2025年5月北京第1版
印　　次　2025年5月第1次印刷

书　　号　978-7-02-019214-4
定　　价　52.00元

如有印装质量问题，请与本社图书销售中心调换。电话：010-65233595

王 蒙

当代作家，1953年开始创作并发表作品，因小说《组织部来了个年轻人》成名。主要作品有长篇小说《青春万岁》《活动变人形》《这边风景》、"季节"系列等十余部，以及大量中短篇小说、散文、诗歌、文论、经典研读专著等，逾两千万字。获得"茅盾文学奖"等多种奖项。晚年仍笔耕不辍、新作频频。2019年被授予"人民艺术家"国家荣誉称号。2023年出版《人民艺术家·王蒙创作70年全稿》61卷。

目 录

好个二〇二五！（代序） 001

故宫上元胜景 001
老城新风记南皮 005
到伊犁河畔去找石头花 009
你爱上了九龙口福地 010
绝顶的赤牛坬 015

父亲母亲的罪与罚之后 021
谁知道自己的母亲有多么痛苦 027
以诗为别 031
好朋友诗琳通公主 036
永远的赛福鼎兄 039
难忘萧殷 041
怀念庆炳 043

天籁王昆　045
柳鸣九的麦田遗穗　046
海洋大学的管校长　049
军旅作家彭荆风　052

二〇一二寄语话唐诗　055
眷恋与忧思　058
诗词的时间与空间容量　061
富有音乐性的歌词　064
《红楼梦》天长地久　068

学好汉语，没有借口　071
请爱护我们的语言文字　074
汉字之恋　077
家大舍小令人家　081
谈词说字　084
文墨家常　099

百年一梦最狂欢　123
生活与时间不欺骗你　126
啊，新疆的风景！　131
六十年后的二十五分钟　136

写小说是幸福的　138
我的入党宣誓　141
重读李大钊之《青春》　145
游泳是个信念　150
珍惜每一个日子　153
日文版《青春万岁》序　155
《悬疑的荒芜》创作谈　159
小说写成音乐　161
为《在河之舟》作序　165

图书的天堂　167
我是第一届青创会的与会者　174
懂得文化，积极交流　177
文化之强离不开文化高端成果　181
推进阅读，推进发展　184
别样的智慧　192

"我是永远的激情飙客"　201
　　——王蒙先生访谈录

生活与意义（代跋）　237

好个二〇二五！（代序）

牛啊，二〇二四国庆七十五周年的中国！到处是光明和发展，到处是崭新和灿烂。盐城、苏州、宁波、临安、杭州、三门峡、渑池、郑州、阿勒泰、乌鲁木齐、南宁、桂平、贵港、哈尔滨、沧州、南皮、青岛、黟县、合肥，我跑过的地方，高楼大厦，道路通达，繁荣光鲜。当然，牛势还在于面对挑战与克服艰难，心中有数与迎击周旋，惩罚贪腐、治党从严。小小老老的写作人王蒙，也在家国天下的鼓舞奖掖督促注视之下实干而且撒欢；就这样迎来了二〇二五，"十四五"收官与"十五五"开局的转折之年。

我喜欢二〇二五这个数字，我感受到它的宏伟与壮阔，吉利与完整，敦实与圆融。

二〇二五首期《花城》上将有我的中篇小说新作《夏天的念想》，"忆旧堪怜恩与爱，闲思岂忘乐和忧？"

二〇二五夏天，我希望能出版我的中短篇合集《夏天集》，包括《夏天的奇遇》《夏天的肖像》《夏之波》《高雅的链绳》等。

一月,江苏人民出版社将出版我的新作《诗词中国》,谈一批古典的中国诗词。从《尚书》上的《卿云歌》到谭嗣同的"去留肝胆两昆仑",也谈了李白与毛泽东的《忆秦娥》,甚至比较了李商隐的"昨夜星辰昨夜风"与约翰·列侬的《昨天》。

二〇二五首期开始,《中国作家》将刊登我的读《聊斋》的文字,借题发挥,弘扬传统,读书之乐。

二〇二五我还要再访新疆。主要去阿克苏,有文物与社会生活的调研,还要去看一位老师。一九六九年她只有十几岁,我们相识,有密切来往。她名叫玛依努尔,是月光的意思,她酷爱读书,人们称她为阿凡提即先生。如今她也七十多了。有朋到远方找,不亦乐乎?

二〇二四,我们充实而且骄傲;二〇二五,让我们期待而且更加努力。一切都在继续,一切都在提高与升级,一切都在给力与前进。至于王某,他仍然是文学生产的一线劳动力,他仍然是一直耕作着的那头牛。牛啊,不敢放松的是"出活儿"。

他仍然是那个歌龄七十余年的歌者:"五星红旗,迎风飘扬……"

故宫上元胜景

早在二十世纪四十年代,还是在日军占领下的北京,我读小学时的级任老师就带着全班同学进过几次故宫。我猜想那时的门票应该是很便宜的,因为学校没钱,冬天买不起取暖用煤,教室冻得不止一个孩子尿到了裤子里;而如果是让个人交钱,我们这些小学生就更没有可能花钱来这里了。

那时故宫给我以巨大、空洞、寂寥,乃至恐怖的感觉。大部分宫殿都锁着或插着门,开门的地方看到了清代的一些桌椅、软垫、摆设,冷冷清清,没有人间烟火气。建筑高大,人迹稀少,路径遥远曲折单调枯燥,每去一次累个半死。而且一到下午,夕阳西下,参观游玩的人也都被建筑的阴影死死地压迫住,可能是四点,也可能是刚刚三点半,我已经感到了黑夜将要全面覆盖过来的可怖,我甚至于警惕着渺小的自己被丢落在故宫的大院子里,丢落在巨大的台阶、石头、房顶与地砖中的危险。

而且从那个时候就有清宫"秘史"之类的电影,我看了也记住了电影里阴森森的故事,进故宫正门就看到了珍妃井,我感觉到这里时时会出现冤魂。正是对旧中国的热切的弃旧图新的心态，使我对明清故宫的感受是绝对陌生阴冷，格格不入。

那时，故宫对我来说，只是历史的一个庞大的尸体，是一片已经干涸了的海子，它的一切已经被时代与大众远远地甩在后面。故宫、紫禁城，一个"故"字，一个"禁"字，说明了它与北京的啼饥号寒的人民无关，与正在与侵略者浴血苦战的中华儿女无关，与二次世界大战与人类的命运无关。它从清朝以后完全隔世，虽然还占据着北京的偌大的地面，它已经空乏麻木，不仅与帝王更与北京市民的生活缘分已尽。

近八十年过去了，我又多次去过故宫，对故宫逐步有了更多的了解。而二〇一九年上元佳节晚上，我进入了故宫，我登上了紫禁城，我第一次感觉到了故宫的亲和、美丽与可爱。我看到了故宫建筑上高挂的大红灯笼，灯笼照亮了夜空，照红了照活了照喜兴了亭台楼阁宫殿，我也看到了变幻动态的射灯把大殿的屋顶照得辉煌壮丽，把角楼的轮廓照得美轮美奂，把城市的光景与故宫的历史用组组灯光组织起来，一体起来，与晴空万里高挂天空的正月十五的明月对映着，互动着。我与幸运的万千市民、男女老少一起聚集着、簇拥着、快乐着、呼唤着登上了城墙，在工作人员的关照引领下走过一个又一个起伏的石头道路与木板台阶，走过殿堂，经过书画与器皿的展示，看到了映照在大殿屋顶的《清明上河图》投影。我感到惊奇，不可思议，怎么出现了另一个故宫？是新故宫？贴近的、人民的、热闹的、红火的与吉祥喜乐的故宫，二十一世纪的故宫？庙会一样、广场一样、自家一样、社区一样的故宫？这是故宫吗？抑或这里是北京街市嘉年华？大联欢？可是它明明还是那么巍峨雄壮，还是那么高端大气，还是充盈着尊严感，你看到了故宫的全貌，也看到了天安门、中山公园、文化宫、交民巷、前门大街……北京的中心区域，尽收眼底。

人们说，这是故宫建设六百年来的首度夜间亮起来热烈起来；说是走了原来的皇帝贵族、建院开放九十多年来的第一次夜晚开放，灯光用过了星月，鼓乐结合了笑语，天黑后让大家玩了起来乐了起来。如今的我，完全没有了十几岁时老师带着我们走在这里的恐惧，我心里有的只是躬逢其盛的欢喜。

我想起《红楼梦》里描写的元宵节热闹中英莲即后来香菱的走失，这从侧面呈现出古代中国上元佳节的嘉年华声势。辛弃疾的《青玉案》感人至深，他歌唱元夕：花千树，星如雨，宝马雕车，一夜鱼龙舞。可能由于元宵节距离春节太近，这个节日得不到清明、端午、中秋那样全民放假欢度的待遇。终于，王蒙有幸在他出生的第八十五个年头，看到了参与了这样的盛况，继承弘扬了元夕灯节的传统，弥补了更新了对于上元佳节的追忆与期待，何等好啊！当然是远远超过辛稼轩与曹雪芹的见闻记述。除了"太平盛世"四个字，我找不到更合适的词汇。

当然盛世也有许多要我们正视的挑战与难关，这一点从来没有疑问。

我想起印度、埃及一些古老的纪念性神庙建筑，为了让国民与游客享受历史文明，几乎天天巨光射灯照耀流转，音响震天，游客里三层外三层，他们努力是要使古老与现代对接，使神祇帝王与百姓及游客对接，使传统记忆与现实世俗对接，使经典文化与日常生活对接。遗产当然要保护保持，同时要古为今用，物为人用，胜景为我所用。我们这里，也终于把故宫激活到了一个全新的境界，把故宫打扮了一番送到人民的手上眼中心头了，网上怎么会出现那么多不开眼的任意跟风，竟然对故宫上元的首度盛景泼出污水呢？

也不奇怪，中国人多，上元佳节的故宫灯会，一票难求；于是有"黄牛"的骇人听闻的倒腾与"的爷"的非法要价，再加上防范拥挤踩踏与损坏文物的管理，做点好事绝非易事。各种不同声音，或许会使主办者组织得更加完善，反映的其实是故宫的巨大魅力、超级成功！

与闻其盛，不虚此生。故宫开了一个好头。我希望故宫长久地红火起来，让更多的人身临其境，共享太平，把酸葡萄减少到最低限度，我希望亲爱的同胞为我们的传统与历史名胜而自豪，也善于乐于享受属于我们每一个人的历史遗存与时代华彩。

老城新风记南皮

一九三四年我出生在北京沙滩，一岁多回到河北省沧州市南皮县潞灌乡龙堂村老家，直到五岁返回北京上幼稚园。一九八四年，长大后我第一次回南皮，家乡的贫穷、落后给我留下深刻的印象。我回到幼年生活过的乡村，看到了泛着盐碱白霜的田地，喝下了用含有硝碱的苦水泡的茶，读到了县志上的民谣："羊屄屄蛋，上脚搓……"我感觉有点透不过气来。

是时，我正开始写《活动变人形》，书里人物的家乡，会让我时时想起故乡南皮。"故乡"，是鲁迅小说的题目，它总使人泛起乡愁。南皮的名称源于古代皮城，位于现南皮县城北张三拨村西约三百米处。春秋时期（公元前664年）齐桓公北伐，在这里给军马修制皮革盔甲。南皮自秦朝（公元前221年）置县，历史悠久，涌现了许多俊杰。

新中国成立后，历史展开了新的篇章。一九七〇年修起了京沪线上泊头站和南皮站到南皮县城的沥青马路。只是那时候农民们常常徜徉在马路的中间，因为反正也没有几辆汽车在这里跑动。首次回乡，县城里出现了推着车卖肠子的小贩。县招待所重新修建，红砖平房渐渐有了新模样，县里出现了一些进口中巴车。几年以后，次生盐碱化的问题解决了，家乡土地的模样改变了，乡亲们的饮用水不再咸苦，温室大棚也出现了。南皮的医院办得越来越好，吸引了河北甚至是山东的患者来到南皮就诊。"连胜酱菜"做得愈发多样可口，汽车配件工业蓬勃发展，电灯泡成为出口产品。县财政力量开始增强，二十年里增长了四十倍。

二〇一七年，全县脱贫摘帽。二〇一八年，我又到南皮，家乡已经到处是高楼大厦，商店林立，车如流水马如龙。民营企业的商贸与文化服务中心，繁荣多样，硬件与服务方式向京津这样的大都市靠拢。二〇二〇年再回南皮，更是恍如隔世。亲爱的南皮已经焕然一新，换了人间。小小的龙堂村，五百多户人家，有六十多辆汽车。每天上下班时间，县城红绿灯路口，已经有点堵车了。

尤其使我感动的是南皮县城里建成三处大公园。各处新建筑、新公共活动场所与县里数万名居民的衣衫一样，整洁崭新。生活富裕，奔向小康，人人脸上映着阳光和笑容，再没有了曾经的那股子作难相。

二〇一八年的一天，我清晨去了凤凰公园，今年又去了香涛（张之洞号）公园，沿着甬路，沿着栈道，沿着林带，沿着城南水系清澈的水波，经过亭榭桥梁，迎着朝阳，与县里早起晨练的乡亲们一道畅快地呼吸着、行走着、观看着、欣赏着。我感觉家乡在升腾，面貌焕然一新，变得幸福、富饶、美丽、生机勃勃！此外，还有姜太公钓鱼台公园、正大公园、老干部活动中心、青少年活动中心、体育场、图书馆、博物馆、张之洞纪念馆、民俗馆……这里有这么多的崭新的变化，这就是我的家乡。我为南皮肃立，我为南皮鼓掌。

南皮有了像样的工业：五金机电、纺织服装、玻璃制品三大产业群体初具规模。还有省级经济开发区、工业园，入驻二百多家企业。这虽然还比不上东南沿海一些先进市县、比不上那些富裕地区的著名城乡，然而南皮还是创造了从前无法梦见过的美景、没有见识过的绿地与建筑、没有享受过的高品质生活、没有想到过的发展图景。而这就是南皮，就是那个曾经到处是盐碱，人们食不果腹、衣不蔽体的古老南皮啊！

祖国处处是阳春。南皮是中国社会进步的一个缩影，这里有殷实的小康，有冒着热气的幸福新生活。我近期在南皮县城看了一家集生产利用风能、地源热能于一体的绿色节能环保企业，产品高端，先进的科技让我开了眼，我至今仍然需要费点劲去理解、去懂得、去学习提高。同时，传统文化的富矿在南皮被充分挖掘。这里有狮子舞、秧歌、剪纸、錾铜；有八极拳、太极拳、八卦掌等历史悠久的武术门类；还有民办红升文武学校；

小学中学十二年一贯制,德育先导,文化基础,武术特色,年年在欧美巡回表演,二十年培养了一级二级运动员五百人,近千名学生取得武士段位。我观看了少年儿童学员们的武术表演,顶天立地、虎虎生风、风驰电掣、鹰飞鹞翻,令我叹为观止。

虽然我的幼年只在这里待了有限的时间,我仍然牢记着家乡的梨树园,家乡的口音,家乡人对于河北梆子的迷恋,还有家乡人的执拗与豪迈,那种如火如荼的激烈,甚至,还有家乡曾经有过的贫穷与困窘。但是,我可爱可亲的家乡啊,你竟有了这样辉煌的今天,你也一定会拥抱无限灿烂的明天!

到伊犁河畔去找石头花

二〇二二年,我期待着到伊犁河畔与塔西姑丽小老友团聚。

一九六五年,我住在贫农伊斯哈克老汉、穆斯汗大姐家里,他们的女儿塔西姑丽,小儿子拉合曼也都成了我的小友。那时,可以译为"石头花"的塔西姑丽只有十岁,我三十一岁。

房东老汉从早到晚都在干活儿,很少说话出声,大姐则动辄高声歌唱,嘹亮入云。

而石头花的明朗的大眼睛,清晰连贯的语言,当家做主的管理意识,对一切人与事的迅速反应,对她弟弟的管束指引,使我感到小小的她是个能干的"练家子"。

我们相识已经五十六年,是与这一家人的两代之交,是与小女孩石头花的半个多世纪之交,她的孙儿孙女已有九人。时隔二十年,最近恢复了联系,交换了音频视频,我们两个,还有帮助我们联系上的本乡女作家热合玛依,都流泪了。

我唱起了湖南花鼓戏风味的歌:"我们共产党人,好比种子,人民好比土地",我们要在人民中间生根开花。

你爱上了九龙口福地

二○二四年春天,你是第三次来到江苏盐城,立即振奋于城市的全面发展,高楼大厦、平坦通畅、市容精进、焕然一新;新四军纪念馆,精神永存,饮水不忘掘井人。从盐城市,你又来到受邀召唤已久,几度近身而过的九龙口湿地公园、九龙口景区、九龙口镇、龙珠岛。

九龙口是九条河的交汇处。龙而九,罕见不凡。

九龙口位于同名旅游度假区西南,射阳湖腹部,由林上河、钱沟河、安丰河、新舍河、溪河、莫河、涧河、蚬河、城河等七条河前来,两条河走出去,九条自然河道汇集,各展身姿,却又在一处集结成宝地。

在盐城通往建湖与九龙口的路程上,我已经聆听了本地热爱家乡同志的热情介绍:九龙口的湿地芦荡保育区风光是如何丰盛兴旺,珍异无双。水中鱼虾,天空禽鸟,四季亭桥,渔耕慢道,耳听所有的地名景名:凌步轩、水云斋、幽径亭……眼观万物万有的葱茏活力;仅仅一个芦苇就分荻、苇、蒲、竹、芒、茅多少种，长得遮水遮云，大气磅礴。中华大地是多么丰饶，江淮福地是多么幸运。深呼吸吧！九龙口的负氧离子高踞诸地榜首，这里的岛屿低洼而从不淹没，或说这是九河互动流体力学的神妙作用结果。九龙口有一种乔木名"庄稼——五谷树"，上面长满了酷似各种粮食作物的果实，农家凭此树预测五谷的收成。蓝天白云下飞翔着数万只鸟儿，草鹭、白头鹎、棕背伯劳……九龙岛是雀鸟的天堂。听着赞着羡慕着，再吸一口气。你忽然感到呼吸出现了前所未有的顺畅与充分，你具体地感到了自己的肺叶在活跃、在偾张、在添力、在享受、在满意甚至自得，肺活量活生生地开拓扩容。天啊，你在写作人中绝非那么神经质那么见风就是雨者，你却立即在高龄进入了新的舒畅期健康期强健期了，我们的九龙口真棒！九十年来何曾妄想享受九条大河固有的各种恩典，人生有一地邂逅三四条河水的缘分已经是大幸了。

是的，你去过，号称俄罗斯第三首都的喀山，那里是克玛河汇入伏尔加河的地方。而美国当年的钢铁都市匹兹堡，莫农加西拉河和阿勒格尼河是在这里汇入俄亥俄河，成为连接美国东西部的主要航道的。两三条江河交汇，已经是少见的壮美，何况是九龙之水、九龙之利、九龙之美的集结呢？

然后你来到了九龙口龙珠岛上的小楼——龙珠楼，你缓缓地爬到了最高三层的观龙敬龙之浏览廊，你没有惊心动魄，你没有奇观异闻之啧啧,你没有丝丝毫毫的陌生感;你感到的是平顺,是美好,是自然而然,是和谐与互通互补,也许是互恋,是辽阔而又精致,是鲜活同时温文尔雅,是井井有条,错落有致,亲和随心,恰到好处,物我融合,一见如故,多彩多趣,你绝美绝妙样样俱全的中华神州大地!你并没有体验绝高的茫茫鸟瞰,你看到的舒适多彩的地面伸手可触,低身可亲,张开双臂。你与九龙口相互拥抱在一起。

淮剧小镇沙庄。小镇就是戏台,《小镇》就是这里出品的获奖淮剧剧目,小镇大剧场,人生戏正红!这里的老街巷名,也是出自淮剧:青衣、水袖、玉带、登云,闻巷名你已经始醉始痴,入戏入梦。市镇与村落就是景点,古朴老到而又精巧文气。百姓就是演员,演员就是人民,人民的幸福活跃就是最动心的美景。哪儿有人哪儿就有场地与演出,有各种牌坊与舞台,楼亭与雕像、浮雕与图画,还有丝弦与锣鼓,楹联和戏文。有联曰:"善渔樵、勤稼穑,凭稻麦藕柴蒲立命;品戏曲、鉴古今,以忠孝仁义信安身。"在当前充斥着不合平仄、不成对仗的冒名对联的情况下,你能不对这副楹联刮目相待吗?

又有联曰:"风行江淮,沙溪河边耕日月;雨沐盐阜,银杏树下做文章。"这是李氏宗祠的楹联。还有对于淮剧世家的赞颂楹联:"九水云涛彰梨园气象,一门勋业化淮甸人文。"历史的积淀,福地的美好,胜景的魅力,还有汉字的摄魂,有文学的鼓舞与精妙。

于是轻歌曼舞，响起了清纯悦耳的淮剧调门，出现了曼妙的身段与舞姿。出现了身体亮相与大屈伸、大变化、大连接的豪强冒险，女儿风貌；曰扛鼎、曰吞刀、曰爬竿、曰吐火……这里，百姓田间地头，辛苦之余，都爱玩一下"百戏"，这儿是中国淮剧之乡、杂技之乡、不成杂技也是乡民拳脚腰腿健美灵动之乡啊。

不仅是地理、文艺，这里同样不会忽略民以食为先。先不说显得实朴而又张扬的六大碗，仅仅把黏黏糯糯的藕粉通过一系列意想不到手法炸成筋道的藕粉圆子，你已经震服于江浙美食的想象力、创造力与幻想曲一样的流程了。人人都夸龙珠岛，谁能不爱圆子好？何况还有肉圆子、鱼圆子呢。

甚至于他们的文化旅游记录文件，也充满了审美的意趣。他们说，二〇二三年，开展了夏令营、湿地游学项目，获得了省社会游学教育基地称号。又说二〇二四春节游客三十多万，历年游客则是四百万人次……一串串激动人心的数字。他们说是要暖心服务、要生态优先、要多点开花、要推进淮剧与杂技非遗与湿地世界自然遗产的保护与发展。他们也回顾了老年间的八景：古院钟声、烟锁唐槐、东海王墓、五港分流、凤凰池沼、双桥对峙、薛宫孝子坊、薛仁贵扣马桩……亦诗亦画。

是的，这里的居民的生活已经文化化、审美化、旅游化了，他们愈益意识到人们的生活，人们的山水与居住环境，人们的衣食住行，人们的举止言语容色衣饰，都会得到注目，得到观赏，得到品评。他们见识着百万千万的各式宾客，他们欢迎宾客的兴致、眼光与小康生活方式。生活的一切除了必须的实务以外，同时还是美的提供与呈现，是风光、是图景、是戏与技、是人生的优渥尽情表演与欣赏。要爱生活，享有生活、欣赏生活，要感激日新月异的发展开拓中的看与被看、欢喜与被喜欢。于是九龙口的游客与居民在生活中获得了满意与自信，他们在八方游客的目光中扩展文化、美感、交际、礼数，对传统的承接与向现代性的飞跃，提升着县镇与村民的地域文明，连接着全中国与全世界。

　　人们将优秀的才俊与品性具备者称为上苍的"选民"，那么像富裕、发展、自然地理与传统文化俱全的九龙口呢？就是上苍的选地福地了。当然，为了福地之福，人们付出了巨大的努力。你感动于神州大地的福分，你感动于人的努力奋斗的成果。你期待着共享、开心、歌唱与更进一步的前进。

绝顶的赤牛坬

你认得坬字吗？你知道赤牛坬在哪里吗？

我虚岁九十，已至鲐背，才算真正来到了陕北榆林。然而榆林早就被我热爱与熟悉，使我感动与牵心。陕北的古老的与革命化了的信天游《横山里下来些游击队》、"大生产"的剪纸、解放区的木刻与宣传画，这些都是旧中国我十几岁时，在北京大学与北大工学院看到的，那时在地下党领导下，进步学生团体主办了孑民图书馆与六二图书馆，在那里的《木刻选》里，看到了令人泪下的《人民英雄刘志丹》，学会了由陕北民歌改编的"正月里来是新年,陕北出了个刘志丹,刘志丹来是清官……"

榆林小曲《挂红灯》《走西口》，是我爱听爱唱的；农民李有源把陕北民歌"骑白马,挎洋枪,三哥哥吃了八路的粮,有心回家看姑娘,呼儿嗨哟,打日本咱顾不上"，改编成伟大的《东方红》颂歌，是响彻太空的。还有跳秧歌的"索拉索拉多拉多,索多拉索米瑞米"，榆林的一切要多人民就多人民，要多革命就多革命，要多纯真就多纯真，要多深情就多深情。

何况还有我一九五六年的巧遇。那年九月初,晚上在前门站登火车,坐一夜硬席,早晨抵达太原,与绥德民歌合唱团的姑娘们同车厢。她们歌唱通宵,至今我只要一想,耳边就会响起清澈怜爱的歌声:"提起个家来家有名,家住在绥德三十里铺葱(村)。"同厢的还有北方的笛子名家冯子存,他吹奏的是不无陕北、内蒙古风味的《喜相逢》与《放风筝》。更不消说那里的革命根据地故事。六十七年前,我已经视榆林为热土乡里了。

我一直认为绥德民歌合唱团的组建是受了苏联农民少女组织的"庇雅特尼斯基合唱团"带动,与我的青年时代不可分的苏联民歌《有谁知道他呢》,就是这个团唱红了的。苏联与庇雅特尼斯基民歌团没有了,歌声的记忆永远青春。

其实,三十三年前我已到过神交已久的榆林,可惜只是路经。一九九〇年,从内蒙古"东胜"现名鄂尔多斯出来,途中上了神木二郎山,经过榆林,绕道米脂绥德,到了佳县白云山,造访了白云观。转战陕北期间,毛主席三次上过白云山上的白云观。那次我从白云道观回到内蒙古,已经是次日凌晨。

如今的榆林已是陕北重镇,市区气魄宏伟,高楼大厦,马路平直宽阔,市容清爽光亮,市民自称市容接近北京,颇有现代都市气象。而从榆林到佳县,沿黄河修起了高速公路。这段蜿蜒险峻的路,不是修在黄河河岸上,不,那里大致没有河岸,只有矗立的岩石峭壁,从石山壁上,生生夺到手了公路,公路的南侧是直上直下、傲然挺立的山石，北面是时宽时窄、时深时浅的母亲黄河。佳县正在修建黄河博物馆。

博物馆是榆林地区更是所辖佳县的锦绣奇葩，花开处处。赤牛坬一个村，就有自建仓储式民俗博物馆十余种，有家居、谷粮、食品、灶具、劳动场景、传统工具、瓶壶、坛罐、石刻、瓦器、放羊、役牛、服饰、鞋靴、生活器皿……168个展室，体量惊人，展陈亲切，真实感人。

看看这些博物馆里的展览，于是从农家什物，到家国天下、烟火生计、革命情怀、艰苦奋斗，改天换地……你一下子什么都明白了。

例如那一大间"中国第一鞋馆"，成千上万双穿用过作废了的破旧鞋子，如几何图形般变成了一地一墙的花坛浮雕，令人想起穷困艰窘与亲切朴质的前小康往日，令人想起那么多陕北农民走在山沟沟上，腾扑楞蹬，千辛万苦。人民的脚步勇敢向前，走出了历史，走出了壮烈，走出了新生，展现着民俗文化沧桑巨变与恒久的真切的地域传统。也让你想到他们现在的脚板，穿的是焕然一新的靴鞋了。

旧鞋子，原来是造纸厂从民间收购的原料，后来，纸厂停业，还乡报民的老县委书记出主意将破烂鞋子清洗多次，做到了一尘不染，将它们精心陈设安排，充分地艺术化伟壮化了，于是就有了这一个抚今思昔、感慨万端、面对历史、展望前程的鞋子展室。生产生活的实用性更迭来去，正在成为陈迹的一切手段与方式，仍然唤起着往日光荣、质朴、艰难的回忆，激起对今天对新时代的成就的豪情自信，成为源远流长的文化记忆与文化资源。千万双人民穿废了的鞋子陈列，具有一种庄严、一种幽默、一种感动，一种成功后的往日回想与温习。生活、发展、获得、更替，种种变化，样样更新，你面对的是生活，是山河，是翻天覆地的历史，是换了人间的故乡古国。

酒瓶子陈列室也令人欣喜。小小的山村，同样是李白的"人生得意须尽欢，莫使金樽空对月"的诗兴台面。抬头一看，连屋顶上的吊灯，也是由一只只闪闪发光、灵怪滑稽的酒瓶子组成。酒瓶在歌唱、在说话、在飞舞、在挑逗戏耍，在显摆曾经具有的威力，酒瓶子激活了山圪垯。

赤牛圪活力无边。圪可读瓜，也可读洼，是山坡意。必须坦白，此前我不认得这个字，旅行与识字结合，增长了知识，扩大了心胸，深化了乡土的爱恋。赤牛圪二百多户、一千多人，它获得的美誉是："美丽乡村示范村""宜居村""乡村旅游模范村"，还有"休闲""旅游""治理""文明""艰苦奋斗""黄土文化"面面俱到的示范村落、宣教中心，头衔满满。

村里还有独树一帜的并非专业却是最成功最美好的演出。在主山坡即主圪下边，以退休了的石磨石碾为座位，我们观看了名为"高高山上一头牛"的生活劳动爱情全面展现。高高低低，远远近近，男男女女，老老少少，一个罗锅的没有，一个歪歪扭扭的病夫病姑也没有，全部健康精干。人称米脂婆姨绥德汉，男生头上系着羊肚子毛巾，女生系着花花绿绿头巾，登上山坡大舞台。他们扛着锄头铁镐，牵着老牛小驴，推碾推磨、开荒种田；表演着婚丧嫁娶，唱着秧歌情歌、新词旧词，革命调、调情调，酸曲蚀骨、雄风震天，劳动号子排山倒海。

昨天就在眼前，昨天一去不复返，昨天振奋推动今天。眼前是高音喇叭，保真背景音乐，春节序曲，秧歌起舞，其乐何如！演出是公司化的，每一场演出后，每位农民兄弟姐妹演员的银行卡里会多出人民币二十五元。天天上千旅游嘉宾，全村一多半人亦工亦农、亦文物亦艺术、亦服亦演员，当然也不会误了庄稼大枣，陕北的枣柔韧绝伦。你不禁要说：陕北不朽，黄河不朽，老革命根据地不朽，人民传统不朽，黄土高原不朽！改革开放带来的文化旅游市场繁荣兴旺，生龙活虎，亲切热闹，生活美好万岁。

生活就是文化，地域就是景点，山坡就是舞台，人民就是主角，一举一动都是纪念，一声一息都是乡土中国。我坚信，这种全民全景多维多面的文化生活，这种人多势众、热火朝天，这种自信自创自闯自立，源自于毛泽东那一代革命家带来的当家做主、人民翻身、红红火火的精神，还有当地刘志丹、习仲勋等播下的人民革命的火种。

疫情造成了多次推迟，首届中国非物质文化遗产保护年会终于于二〇二三年二月十六日在榆林召开。这是一个绝佳的选择，人们在佳县，在赤牛坬、在绥德、在榆林老城，感到了革命的气势和底色，看到了发展了提升了的山沟里的文化生活。人们在这里提了气，加了温，开了眼，舒了心！

父亲母亲的罪与罚之后

父亲王锦第,字少峰,一九四七年去解放区的时候还用过王曰生的名字。生于一九一一年春天,似是中华历四月初六,属猪,与民国同岁。去世于一九八三年早春,应该是三月。

我不了解他,整天与我在一起的家人有妈妈、二姨、姥姥、姐姐、妹妹、弟弟,但是没有他。他基本上不像是我的家人。对于我来说,很多时候,他是神出鬼没的。我仍然记得的是,他见到我们孩子的时候出现由衷与慈祥的笑容,他的说话南腔北调,他没完没了地对我们训诫,现在的话叫启蒙:要挺胸,不要罗锅,见到人要打招呼,要经常用礼貌用语说"谢谢""再见""对不起",要锻炼身体,要吃鱼肝油丸,要洗澡和游泳,长大了男孩要服兵役。从他的训诫中,我获益其实很多。但我早就有体会,母亲是为我们操劳,他是对我们意欲有所教导,但我的反应是觉得可疑。

他常常不在家。母亲给他起的代号是"猴儿变",说他像一只猴子一样,动辄七十二变。

一九四九年以后，在我的帮助下，他完成了他自己前半生的一大心愿，与母亲离了婚。我也与他有了更多的接触，有时是长谈。他的再婚很难说带来了任何人生的起色。这与"五四"后的一批文学名著的提示不同。名著告诉我的是，摆脱了封建婚姻，获得了自由恋爱择偶，就一片幸福；我从他身上体会到的则是，幸福的前提比仅仅自由恋爱要全面得多复杂得多吃力得多。

我的结论是，父亲是个理想者、追求者、失败者、空谈者、一事无成者、晦气终生者，我最反感的是他对我的诉苦。在我的父母身上我看到了，我极端热爱的"五四"新文化带来了伟大的希望与前景，同时也带给了另一些人以极端的上下够不着、左右都为难的撕裂与活活绞杀的痛苦。

我母亲董敏的认识有更为深刻之处。她认为她的最大痛苦是知道了"五四"新文化，然而，她不是宋庆龄，不是谢冰心，她只能带着缠足后释放的两只"解放脚"，无助无路地承担封建主义包办婚姻的一切罪与罚。故而她的一生只有愤怒、冤枉与对父亲的咬牙切齿。

如果说我的小说《活动变人形》的主人公倪吾诚的原型是父亲，我只能为他感到羞愧、怜悯、轻蔑、刻骨铭心的痛惜，还有无奈，对自己这一代的些许骄傲。写他暴露他的儿子的光明底色与前所未有的光明前景与父母的罪与罚，成为过分鲜明的对照。

都写到《活动变人形》里了。那一代人的狼狈尴尬,我认为是历史与社会的造孽,他们这一代人的悲剧是我从少年时代坚决追求革命的一个重要的基点,而我的做人处世,必须以老爷子为反面教员。要脚踏实地、要节制自我、要反求诸己,尤其是,一生不做伤害女性的不负责任的事。当母亲在父亲去世时向我宣称他的离世是"除了一害"时,我更为母亲难过。

问题是,后半生,父亲自己随着年龄的增长,也愈益自惭形秽,同时牢骚满腹。整天宣称自己在大学里与同事们在一起,他的地位是"次小尼姑"——语出《阿Q正传》,不想再做什么解注。他说往后他只能做"家庭主男"。问题是他在庶务上的拙笨与无能,更胜于其他,我完全意识到他做不成主男,只能是神经男、混乱男、饥渴男。我的感觉是他后来完全脱离了生活,也被生活所抛弃。他在"文革"中被宣布无权参加"文革",我甚至有理由怀疑,他如果参加"文革",也许会成为一个过激分子……他经常说什么"藏污纳垢",还有新生活新社会的建立要几代人的时间。

但他仍然有一些知识,他教给我的仍然不少,我见到的第一个共产党人,是他带到家里来的。他给我讲关于老子的"天道""人道"与农民起义的"替天行道"的口号;针对少作"年轻人",他提出要理解领导干部"医心如水"的某些心态;关于列宁论唯心主义是"不结果的花";关于"家大舍小令人家"的称谓——我才做到了从不闹"你家父"的笑话。还有对营养的口头重视,对西餐的正面评价,对游泳的入迷……

而且,一个现象我早已发现:《活动变人形》的读者与观众(已作为话剧立在舞台上了),面对我的无情的对于作品主人公的非正面描写,更多的是同情,不是唾弃。

近年来,则是学界的一些人士,渐渐发现了王锦第,发现了他对于中德学术交流的贡献,发现了他的某些著述,甚至还有新诗与散文。

我引为知音的上海复旦大学郜元宝教授,甚至找到了他的数量不少的译著文字,将之编辑成书。我读之大惊:一、我怎么不知道?二、他怎么从来没说过?三、他的译著与诗文,竟有一定的质量吗?

童年时期,我记得他失去了高级商业学校的职位之后连夜译书的情景,我翻翻他的译稿,全然不解,只觉得佶屈聱牙,不是人话。而他应范文澜老师之邀去位于邢台(顺德府)的北方大学数年之后,随解放军入城回到北京,他竟然没有入党。这更使十四岁的地下党员王蒙无法不相信,他革命的结果多半是并不入流。

我想起了他与德国汉学家傅吾康(Wolfgang Franke)的友谊,但老爷子年轻时拼过的德国哲学我太外行。我猜测他算是赶上了前所未有的变局、此起彼落的变数。后来，他似乎否定了他翻译海德戈（应是海德格尔）、士榜格（施普朗格——哲学家、教育家，曾被誉为现代教育之父）、胡塞尔（哲学家、散文作家）的著述的价值，他否定了他自己的前半生；他在他的儿子王蒙面前更不想说他还留下过什么文学痕迹，虽然他念念不忘在北大上学时，与他同室的有李长之与何其芳，甚至于，李长之还著文称赞过他的诗作。而王蒙长期以来，听到他的室友同学名字的时候，浅薄势利的反应是："原来，就属你没什么出息。"

"为善无近名，为恶无近刑。"一九八三年他去世后，我曾多次梦见双目基本失明的晚年的他，在晚间，在胡同里踽踽独行。后来，这样的梦也就消失了。他已渐行渐远。此次从《王锦第文录》清样中，读到他在一篇散文里写到（从日本经韩半岛）留学归来，见到了兰（母亲）和洒（姐姐）、蒙（我）的微笑，使他开心。此外，到生命结束时为止，他一无所有，一无所成，不被各方面各亲属所承认，受到了种种抵制。

突然，近几年，先父开始有了一点点咸鱼略翻身的迹象。社科院外国文学研究所研究员叶隽先生发表文章，肯定了王锦第对中德文化交流的贡献，肯定了王锦第作为学人的存在。郜元宝教授也在他的两三篇重读《活动变人形》的论文中，反复对比作为启蒙一代的倪吾诚与作为革命一代的倪藻在现代中国思想文化史上若断若续的关系，因此也免不了为倪吾诚及其原型王锦第之间的某种显差而嗟叹不已。此时他的与后妻生的小儿子,已经自杀多年。是不是罪与罚仍然余波未了?

近来,在朋友帮助下,我证明了"我父亲是我父亲",以我的长孙的名义领到了他与后一个妻子的安葬证;忙活了一阵子,在可预见的未来,免去了他们的墓地作为无主坟墓被平掉的可能。

历史和时间,慢慢会使万有各归其位。谢谢郜老师,谢谢我的老东家人民文学出版社。有幸看到老爷子文录的出版,王蒙惭愧了。

谁知道自己的母亲有多么痛苦

许多年来有几次被约稿写自己的母亲,我没有写,因为我很难过,也很觉为难,我的母亲的一生过得太痛苦了。

她的名字最初是董玉兰,后来似乎改成了董毓兰,再后来改成了董敏。她出生在一九一二年,比"民国"小一岁。她个子不高,眼睛不大,眼珠灵活而且光芒四射。她是河北沧州市沧县人,曾在沧州市第二中学就学,后来在北京似乎还旁听过北京大学的预科,解放后她一直担任小学教员,她的受教育程度应该不低于高中毕业。她写起信来语言极其生动活泼,平常也算善于辞令。

她生活在中国发生翻天覆地变化的年代。她接受了"五四"新文化运动的影响,喜欢一张口就讲谢冰心、黄庐隐、秋瑾、丁玲,乃至一直讲到宋氏姐妹。但是她很悲哀,因为小时候缠过足,是后来放开的,这样的女子的脚,被不无嘲笑地称之为"解放脚"。

她的最大悲哀是婚姻。我父亲是思想上的新派,议论上的激进派，行动上的无奈即无计可施一筹莫展派。至少从我的童年五六岁时开始，我的父亲就一直想摆脱这个婚姻，为此，母亲受到了致命的打击，她想尽了一切办法追求对于摆脱的摆脱，即想办法灭绝父亲的等同于她认为是杀人的离婚念头。

所有这一些悲哀的与令人发疯的经验，我都写到《活动变人形》里了，有了这部长篇小说以后，再写母亲的一生，我觉得太残酷、太艰难、太令我无地自容。

我的母亲的一生怀着对旧中国、旧社会的深仇大恨，怀着对我的父亲王锦第的愤懑与极度的被轻侮、被伤害、被欺骗的痛楚。她也做过不少伤害父亲而且于己无益、对不起他人、我要说是愚蠢的事。我不能再写下去了。

一九五〇年，在我的对新社会的完全信赖的高调宣传影响下，母亲同意与父亲离婚……一九八三年，在再婚后没有得到任何快乐的父亲去世时，母亲的反应则是父亲的死亡是"为社会除了一害""我只有恨"。而母亲在活到八十岁以后，多次对我讲，她的一生的痛苦是知道了封建社会的不仁、不义、不好，却只能承担着旧社会放在她身上的一切不公平、不快乐……她说不如没有五四运动，没有新文化新思想的"胡乱"启蒙，启蒙给她带来的只有撕肝裂肺的痛苦。

遇到她说这些话的时候我硬是没有一点办法，没有一点认真的回应，我的马列主义、人道主义、启蒙主义、现代与后现代主义完全用不上。我想劝她不要与谢呀宋呀的比,我找不着真正有道理的理由。我知道她与我们大家一样,她也只能生存一生,没有第二次。我没有能改善她的状态,没有能给她以真正的安慰,没有能与她做到真正的有深度的沟通。我没有办法再写下去。

于是我只能写一点零碎。大约我五岁的时候,有一次家里吃芝麻酱面条。给我的那一碗是母亲拌的,可能她多放了醋,我吃了一口,酸得我大哭起来,母亲的脸上现出了抱歉的表情,一面好言好语地哄慰着我,一面往面碗里放一些黄瓜条什么的"菜码"与芝麻酱,仍然不好吃,我仍然哭泣不止,我永远忘不了我的哭泣给母亲带来的不安与自责的表情。我太不懂事了。我后来一直后悔。

一九五一年要不就是一九五二年,我在北京市第三区做团的工作,是我帮助母亲找到了小学教师的工作。这是我母亲的一生中我为她做的一件较有意义的好事。数年后,有一天她晚上回家回得比较晚,我问她为什么这样晚,她兴奋地说:"我入党了。"其实她原来只是得到通知去听了一堂党课。不太久之后,我的"事情"出来了,她黯然失色,再没有上述的亢奋与喜悦了。记得到了五十年代后期,母亲与我的姊妹有一次小事情的口角,越说越急,她被说成"地主出身",受到了致命一击,面红耳赤,痛不欲生。后来众子女都来为她"平反",发布"公告",匪夷所思地戏说她的阶级出身经查属于"小孩阶级",意指她易喜易怒、幼稚可笑。她对此阶级定性十分满意,立马破涕为笑。

还有一次在家人处境极不愉快的情况下,她说自己睡眠良好,众孩子齐声称颂她的神经坚强如橡胶制成,她也大笑忘忧。但过了几个月后提起此话,她忽然愤怒起来,声明她不能接受神经的橡胶制造说,她声明她很痛苦、很不平,她的神经其实很脆弱,她需要的不是对坚强的歌颂,而是对她的痛苦的体贴。

还能说什么呢?我对不起自己的母亲。我的母亲有灵,她如果看到现在有人以为重新拾起《三字经》《弟子规》就会天下大治,她将会说些什么呢?

想起上一代人的经验,我不能不珍惜今天的一切。

以诗为别

去年秋天在太湖边,妻崔瑞芳病情不好,我含泪写了两首七律:

其 一

此身此世此心中,瑞草芳菲煦煦风。
淡对荒唐成一笑,长吟块垒亦含情。
何惊恶浪同舟渡,有幸晴晖携手行。
忧患人生八百岁,朝云唱罢晚钟声。

其 二

京华何处是边疆?古路茫茫恁断肠,
我愿随君经百世,君宜与我走八方。
伊犁绿谷情歌苦,拉萨金佛法号长,
更喜遨游全世界,五洲尽阅是风光。

此诗写完,芳很感动。我自觉文字尚欠火候,乃致电诗友王锋,请他帮助加工。他立马写了四首。

其 一

与君携手走天涯，水驿云程处处家。
雪域观山闻梵曲，边城落日动胡笳。
晋祠曾羡泉难老，沧海同珍目未花。
半纪光阴如此过，晚钟迤逦伴烟霞。

他解释说，"水驿云程"是指我与芳以海陆空路访问了世界上许多国家与地区。"晋祠"句则是说到芳在太原上大学时，我去看她，共游晋祠的不老泉。"目未花"云云则是说我们对爱情的珍惜。

其 二

有沙发且烫头发，如此言辞如此枷。
大铁锅非达列阔，小青鱼也浪淘沙。
初尝世味曾瞠目，渐历人情转饮茶。
最爱天山明月满，云烟往事薄如纱。

这首诗里说的是我们在新疆的"文革"经验。芳曾被学校红卫兵攻击为家有沙发并烫头发。而我唱苏联歌曲《遥远啊遥远》时，把俄语的"达列阔依"（遥远）发音成"大铁锅"，以免有"恋修"嫌疑。"小青鱼"是我常引用的克雷洛夫寓言，一条小青鱼被控犯了天条，获罚是"扔到水里去"，说我在新疆与民众一起如鱼得水。这些"典故",皆出自我的自传文字。

其　三

犹忆边城同往时,举家万里雪渐渐。
偷亲笔砚抒微臆,力舞锹锄随大旗。
厚道须眉多普卡,莫言巾帼少江其。
苍茫旧事沉千感,十六年间亚克西!

新疆的维吾尔农民称"斗批改"为"多普卡",语出拙作小说《虚掩的土屋小院》。

其　四

此身此世此心中,瑞草芳菲煦煦风。
淡对荒唐成一笑,深将感慨注双瞳。
伊犁绿谷情真苦,瀚海胡杨树未空。
我愿伴君千百世,主人媪共主人翁!

此诗中王锋友多用了几句我的原诗。"瀚海胡杨树未空"句极有力,新疆人的说法,胡杨干枯百十年不死,死后百十年不倒,倒后百十年不朽不空。

二〇一二年三月三日,芳终不治辞世。王锋闻讯又写了诗,有句曰"一世同行无近远,半生多事有悲辛",非常感人。

而德国友人,女诗人萨碧妮·梭模凯朴,闻噩耗后用英语写了三首短歌,自汉堡电传给我,亦十分动人。短歌用的是日本的诗歌体例之一种,音节五·七·五·七·七,五句为一首。

现译她的诗如下,诗题为《春别——怀瑞芳、致王蒙》:

　　破晓迎晨曦,吾友春日永归去,
　　远方花园里,梦魂萦绕此生事,
　　悄然阖目自安息。

　　含苞仍蓓蕾,远方花朵未开时,
　　冬春夏秋季,四时轮回一迭替,
　　花朵有梦亦如彼。

　　春夜恁凝重,或闻旷野天鹅唳,
　　声声远方归,携来花园新讯息,
　　吾友远去长相忆。

加拿大籍诗家叶嘉莹院士,也有诗相赠,曰:

　　记得相逢七载前,当时曾羡好姻缘。
　　何期比翼双飞鸟,肠断才人谱断弦。

我与瑞芳相爱六十年，婚姻五十五载，不才能历经磨难而阳光至今，全赖瑞芳。一旦离去，其悲何如？长歌当哭，以诗为祭。刻骨铭心，友人情意。瑞云长空，芳泽永继。呜呼，哀哉！

好朋友诗琳通公主

自从中泰两国建交以来,诗琳通公主殿下多次来到中国进行友好访问,并且花功夫学习中文,持之以恒,数十年不断。多年来,她用她的笔介绍了中国的情况,写出了《踏访龙的国土》《平沙万里行》《雾里霜挂》《云南白云下》《清清长江水》《归还中华领土》等作品。她了解中国,亲和中国,对中国抱着一颗友善之心。她的作品往往图文并茂,生动亲切,容易为人接受。与此同时,她还翻译了铁凝、王安忆、池莉、迟子建等中国作家的作品,最早翻译的当代中国作品则是我的《蝴蝶》。二〇〇〇年,中国教育部授予她"中国语言文化友谊奖"。中国作家协会中华文学基金会将第三届"理解与友谊国际文学奖"授予她,后来还被评为十大国际友人之一。可以说,诗琳通公主是中国人民真真正正的全天候老朋友。

我与诗琳通公主第一次见面是一九八七年二月,我率领中国政府文化代表团访问泰国时,有幸在清迈行宫拜会了诗琳通殿下,本来计划的会见时间是十五分钟,可我两次告辞都被公主殿下挽留，我们谈了近一个小时。她说，除了谈两国的文化交流，她还有兴趣于谈文学与我的写作生活。她问我，当了部长之后还怎么写作，这让我看到了一位爱好中国文学的公主。我将英语版的《蝴蝶》敬赠给殿下。她又找来了中文原文，用三年以上的时间，完成了全书的翻译，并写下了深沉剀切的泰文版序言。二〇〇三年在中国海洋大学举行王蒙文学创作国际学术研讨会，殿下同意以此序言作为公主的书面发言。

后来她多次来中国，我也有幸参加了一些与她有关的活动，其中包括她的童话作品中文版的发行与给她授奖。最让我感到荣幸的是，近十多年来，她四次造访我的住家，两次在公寓，两次在北京郊区的别墅。她的平易、朴素、亲和都给我留下了深刻的印象。二〇〇八年，她到北京参加奥运会活动期间，抽空到我的别墅里来，还给我题写了"好朋友"的书法条幅。当时她写错了，她很认真地又重新写了一份。后来她再次到我家里来的时候，又给我题过一次字，还亲自盖上了她的中文名章。

二〇〇九年她安排朱拉隆功大学孔子学院邀请我访问泰国，并在孔子学院讲中国的当代文学。我去泰国那天正好是我受聘中央文史研究馆馆员的日子，上午参加聘任仪式，下午就飞到了泰国。在泰国期间，她专门在宫中宴请我与妻子，还有正在泰国旅游的女儿、女婿与外孙。我得以见到，公主的生活高贵而又俭朴，安逸而且纯净。那天中午饭后，因为离讲课还有一段时间，为了不让我劳累，特邀请我在宫中客室小憩，据说这是从没有过的待遇。当天讲课时，她亲往课堂听课，让我深受感动。

特别是二〇一二年，我妻子崔瑞芳因病去世，殿下吩咐泰国驻华大使馆以公主的名送来了泰国式花圈，并委派大使阁下出席了送别仪式。一个星期之后，她就来到了我家，给予我很大的安慰。她的礼数她的教养她的周到都得到了充分的体现。

每次来，她与我谈得最多的就是文学。二〇一二年她来的时候，谈到了她正在翻译王安忆的作品，后来又听说翻译了池莉的作品，并特意要求去一趟武汉，目的是吃上一碗池莉描写的热干面。据说开始中方接待人员有难色，怕是保卫工作有困难，后来想了办法，殿下终于心想事成了。令人印象深刻的还有，每次与我交流，尽管旁边就有翻译，另外她的英语也极自如，她都会坚持说汉语，让我感觉到她对于中华的热爱与尊重。

二〇一三年中央电视台组织评选传播中华文化年度人物，我是评委之一，我毫不犹豫地投了她的票，她为中国文化在泰国的传播做出了长期不懈的努力。

喜悉明年是公主殿下六十寿辰，谨以此表示她对中国人民与中华文化，以及对我个人的友谊与善意的感谢。

永远的赛福鼎兄

你是高飞的雄鹰,
你是人民的亲朋,
你是动情的歌者,
中国、新疆、赛福鼎!

你的双目永远清明,
你的心脏永远跳动,
你祝佑着北京天安门,
祝佑着天山雪莲青松。

你战胜挑拨与阴谋,
从不惧暴雨与阴风,
你明辨方向与路径,
你最勇敢,你最忠诚。

为了新疆各族人民的幸福,
为了祖国亲密无间的大家庭,
为了神州儿女的共同命运,
为了中华大地的永远安宁。

你献出了你的心血,
你献出了你的智慧,
你历尽了各种艰辛,
你献出了自己的一生!

中国、新疆、赛福鼎!
你是新疆人民的儿子,
你是伟大祖国的精英,
你是我们的先生、诗人与歌者,
我们永远想念你,赛福鼎兄!

难忘萧殷

一九五三年的秋天，我大胆开始了《青春万岁》的写作。一九五四年，完成了初稿，经潘之汀老师之手送到中国青年出版社吴小武（萧也牧）编辑室主任那里。一九五五年，萧也牧带着我去北京东城赵堂子胡同萧殷老师家，听取萧殷老师的指导。他热情肯定了小说的基础，同时指出了结构上的问题。一直谈到如何为我安排"创作假期"的事。

从此，赵堂子胡同8号那个小院，成了我的知识与力量的源泉，成了我喜欢去的地方。

我阅读了萧殷的致青年作者的一批谈创作的文章，从生活出发，把人物写活，构思与下笔，他讲得亲切实在，读之获益良多。

萧殷师当时担任着中国作协的青年工作委员会的副主任。另一个副主任是韦君宜。主任是阮章竞。

不久，盖着中国作协的大印的公函开出，希望我的所在单位团北京市委批准我的创作假。我还记得团市委的领导见到此函的反应,她说:"嗬,了不起。"

其后《组织部来了个年轻人》事情中,萧师也一直与我保持着密切的联系,表达了他的关切、正直、善意。我还记得有一次是萧也牧同志也在场,二萧谈起了批判"丁(玲)陈(企霞)"的事,萧殷说起了随风起舞的某位作家,愤怒地说:"他那(样)是品质问题!"

反右以后他去了广东,不久,我去了新疆。

我至今不忘他在"文革"后接到我的信的兴奋心情,他告诉我,他见人就说:"收到王蒙的信了!"

可惜,他的身体已经很弱。

难忘萧殷,难忘赵堂子胡同8号,难忘开始跨出第一步时得到的萧师的扶持,难忘他病重时我到广州他住的医院的情景,与后来我专门去龙山萧师的故乡参加龙川萧殷公园的活动的情形。萧师的精神永存,遗爱永在,他的诚挚与爱心永远与我们的写作人在一起。

怀念庆炳

童庆炳先生去世的噩耗突然传来，我的第一个反应是：他是在学生当中去世的吧？

我听他在公众场合讲过，他的愿景是，某一天，在课堂上，他倒下了，他走了。这是大美，这是大善，这是他的期待。因为，他热爱教学工作，他爱学生，爱讲堂，爱教室。

他永远老老实实，尊重文学，尊重教育，尊重同行，尊重学子。他没有文人惯有的那种夸张与自恋。他从来没有过自吹自擂、张牙舞爪、"轻薄为文哂未休"的表现。他从来不搞什么酷评，什么骂倒一切，什么自我作古，什么爆破恐吓，什么装腔作势，什么迎合与投其所好。咱们这边，近几十年，这样的文艺评论家早就是雨后春笋了。

但是老童亦有"牛"态：他曾经表示，所有中文系课程，他都教过，他都能开课。我在中国海洋大学就旁听过他的《文心雕龙》讲解，获益匪浅。

我还多次听过童老师的倡议，他希望小学语文课本的第一课改为《论语》上的话:"己所不欲,勿施于人。"他说起这个话题,也有一种如今少有的诚笃与认真。我们的交往中,我体会到他的君子风范,诚恳,善意,克己复礼。包括在家中,他对于妻子曾恬的恩爱有加,令人感动。

他走了,不是在课堂上,如同在课堂上,听说是他与学生们一起去登山。他会有一种满足,与学子们一起,与青年人一起,与攀登的愿望一起。

孔子的伟大离不开他的弟子七十二贤人。童老师的学生的阵容令人赞美。而他本人是黄牛一样地耕耘着、坚持着、谦虚着与进展着。他的去世引起了很大的响动,当然不是偶然。

天籁王昆

王昆的声音是天籁、干净、自然、多情、开放、鲜活,像河流、像风雨、像松涛、像呼唤、像号子、像火焰,像生命本身一样充满了勃勃生机。

王昆的歌曲是民族的、人民的、本真的与健康热烈的。她朴质无华,她的最高的技巧是"无技巧"(语出巴金),行云流水般,不求花哨,绝无任何矫饰。

王昆的唱歌与革命的事业紧紧联系在一起,这是王昆的幸运,这是听者的幸运,这也是革命的顺乎天理合乎人情的一个证明。历史选择了王昆,革命选择了王昆,她受之无愧。

她已经唱了七十年,她是人民歌声的常青树。她的歌声仍然响亮,她的歌情仍然饱满,她是革命的民族的人民的歌声的纪念碑。我祝贺《王昆歌唱艺术集》的出版发行。

柳鸣九的麦田遗穗

柳鸣九的大名早已贯耳。他是法国文学专家、翻译家,是研究法国包括欧洲文化思想的学者,他的视野宽阔,名闻遐迩。我对他的学术成就只有一知半解,但不乏相当高的敬意。记得在一个场合与他同处,一些学友纷纷被介绍了教授、博导的光环,而对他的介绍,则是他的多少位学生担当了教授与博导。

最后一次拜望柳鸣九兄,是二〇一八年九月二日,地点在他家附近的金桥国际公寓。他常年蜗居的社科院家属楼正在整楼更换老化的水管和电梯,只能暂时移租到公寓。脑梗、帕金森等疾病导致他行动不便、表达不畅,但我知道,他的内心是一片自由生长、生机蓬勃的菜园子。

这之前的七八月间,鸣九与我多次电邮往来:他发我新著《种自我的园子》的清样,嘱我写一篇序言。他自谦又自信地写道——

伏尔泰有言:"种好自己的园子要紧。"如果按照鲁迅的直译说,应译为:"必须种自己的园地。"

我按照自己所面对的情况,译得略有变通。

每个人都有各自的园地。

伏尔泰是法国启蒙主义大思想家,他要种的园子很大,涵括了民族、社稷、国家、民众、民生等等大字眼。我这本书里没有这些大字眼,没有这些大思想感情,仅有与我的家族、我的师长、前辈、亲人、学业、专科、职务、工作经历等等有关的内容。因此,我这个人的园子是再小不过了,但我毕竟从事的是文化工作,其核心是人文主义精神、人道主义精神,这一片精神空间又是广阔无边的。所以,我的园子也算得上是一个大园子。

于是,我看到了他种植的一行行"鲜活的蔬菜",并欣然作序《柳鸣九的菜园子风光》。

如今又看到了柳鸣九的麦田遗穗。在夕阳之下的无边麦田,遗穗俯身即拾,粒粒饱满,是粮食也是种子。

他予我的几封电邮,也被收集为遗穗。在同一片名为"晚年鸿雁集"的麦畦里,还能拾到他的很多遗穗:给钱理群的信、给李泽厚的信、给刘心武的信、给邵燕祥的信……读者可窥他与老友之间颇有生趣的学人对话。

最大的一片麦畦要数"残穗拾遗",晚年的鸣九在这里评点都德的《最后一课》等短篇和雨果的《笑面人》等长篇,回望自己在中西文化交流之桥上的忙碌一生,为前辈学人李健吾的译文集作序,为同辈学人许渊冲的获奖贺诗,为晚辈学人黑马、于志斌的新作击赏……鸣九记人记事,把自己也摆进去,看得深但不冷峻,拎得清但不刻薄,与笔下人物有共鸣,对他们的心境有探求,评价包括了对他们理解又体恤。在鸣九识人论事的文字风景中,我们也看到了他自己的内心风景——丰富而又善良,体贴而又关怀,好奇而又多思,尤其难得的是他的笃诚与朴实。

"从'信达雅'到'化境'"是他新垦的一片麦畦。翻译理论的丛林中,有严复的"信达雅"、鲁迅的"直译"、傅雷的"神似"、钱锺书的"化境"……鸣九一生致力于翻译实践,晚年又研究起翻译理论,推崇"化境"并在二〇一七年底组织"译道化境论坛",邀英、法、德等十余个语种的老中青三代翻译家探讨翻译不同的标准与思路。他本人连写三则译莫泊桑小说的感言(分别为《"化境说"与"添油加醋"》《"化境说"与粉饰》《"化境说"与一字用得其所的力量》)。二〇一八年底,他被授予中国翻译界最高奖——翻译文化终身成就奖,众望所归。

鸣九是一个辛劳的耕耘者。就像他在给我的电邮里说的:"誓为投身于某种社会事业,致力于个人所宠爱的创造性技艺。具体于我则是为文化大厦添砖加瓦,则是打造一个人文书架,充实一个人文书架,完善一个人文书架。"

安息吧,鸣九兄,你的信念与人生,升华云天,脚踏实地,洁美无瑕。

海洋大学的管校长

海洋大学的管校长,管华诗院士,在我的心里种下了对海大的美好温暖感受的种子。对于我,他就是海大,就是励精图治,就是敢做敢当,就是殚精竭虑,就是山东式的质朴与好客,而且是一种不那么多见的诚挚与天真。

天真,是的,我见过国内外的不少大学校长,英语里大学校长与国家总统是一个词,可见校长很重要。有的风度翩翩,有的温文尔雅,有的信心满满,有的精明强悍……除了管校长,还没有见过在操盘谋划说话算话的同时,却具有这样的纯朴与痴心。

很简单的一个例子,我初到学校来,一次讲座是我讲"小说的可能性",管校长主持,我们俩坐在台上,他听得如此专注,如此入神,如此感动,他的脸上随着讲话的内容与词句变化着表情,他的表情热烈、生动、实时反应,学生们传出了掌声与笑声。我清楚地意识到,除了鼓励我的掌声与笑声以外,相当一部分互动来自校长的感染力与亲和力。我当然清醒地明白,这里边有校长给予我的礼遇与拉住王某为海大做点事的愿望,甚至可以说是他的领导意图,但是更多的是他对于文学的渴望,对于复兴海大的人文传统的渴望,是对更加全面的与高端的中国海洋大学的期待。还有,他的未能全面实现的对于文学的追求与兴致。

直到讲完了共进午餐的时候,他还在念叨我讲的一个文学事例。我说,《三国演义》里有民间的虚构,如把周瑜写成被诸葛亮戏耍的后生,事实上周瑜(生于公元一七五年)的年龄比诸葛亮大(生于公元一八一年)六岁……然而人们得知了历史事实后反而感到遗憾与难以置信,因为不论是在罗贯中的书里还是相同题材的戏曲里,人们已经接受了少年气盛的周瑜与老谋深算的诸葛亮的戏剧性安排。

他一直念叨:"虚构比真实还厉害!"

我也不会忘记在他操持与主持的作家与院士对话的人文科学论坛上的他的开怀大笑,现在还有那张他的大笑的照片。不是天真的纯洁的人,是不会笑成那样的。

想起管校长就想起我们在青岛、在海大的笑声。想起我个人的老年生活的这永不衰老的海大篇章。想起国内外有那么多写作人、教授、名人、专家应我们的邀请出现在海大的讲堂、校园、宿舍里。想起管校长辛苦策划与支持的作家楼、研究所、国际研讨会、论坛、《红楼梦》月、朗诵与征文,还有其他。

还有我们俩的乒乓赛。我认定管校长不免辛苦,我提议与他共练太极拳，后来证明他清晨起不来，对不起。他建议赛乒乓，他估计他的乒乓胜我一筹。但是说实话，他未有胜算。最后我们以双冠军的方式宣告了比赛的完成。这里面也有中华文化特色。

在管院士八十华诞的时候，我愿意举杯相约，每五年与他赛一次乒乓球，不设奖金，但要在网站上公布比分小分与比赛结果。

军旅作家彭荆风

一九七八年,中国正在酝酿着改革开放的大变化,我被中国青年出版社邀请去团中央北戴河的培训中心改稿,得以在那里与彭荆风文友首次会面。

他到来得晚了几天,他是半夜到来的,第二天一起床他就大呼头天夜晚他睡到黏糊糊、潮湿湿的浴桶里去了。是的,那里的被子太潮了。他与写作人们一见如故,欢声笑语,一看就是一个直爽痛快的人。

原来他就是云南著名的军旅作家彭荆风。他参加创作的影片《边寨烽火》《芦笙恋歌》与一批短篇小说,已经如雷贯耳。我也知道他在五十年代后期的政治运动中同样地不幸落马,但是看他当时的状态,仍然是朝气勃勃,兴高采烈,谈笑风生,挥斥方遒。即使说起某些不愉快的往事,他也是高高兴兴、化险为夷、逢凶化吉的一番豪兴。他说到一次节日前夕获得南瓜的美食,吃后竟泻起肚子来。他并且用中医理论分析了半天。他没事还喜欢自选一点中药调理身体。我对他的医学素养半信半疑，我对他的乐观精神，绝对赞美。

他对于小说写作十分投入，后来，他出版了小说集《驿路梨花》。一说到创作，他就大喊要捕捉住题材，他还高调强调短篇小说作者一定要出"集子"，我感觉他肯定是个"一本书主义"者，是个九死而未悔的愿为文学献身的人。

我们也曾一起游泳，他的泳姿熟练轻松而不正规，半侧泳，半蛙泳，自得其乐，带几分嘚瑟。

对于身边的一些他不赞成的事，他也是信口抨击，满不在意，而且他时时显现出争强好胜的性格。经过二十多年的挫折锤炼，他锋芒丝毫不减，也是少见。

此后，荆风兄创作十分旺盛，除一批长、中、短小说外，他还担任了全国人民代表，为秦基伟将军撰写了传记，他也经常对一些文化现象直率地提出自己的见解，带棱带角，从不含糊。他这一辈子，有声有色，没有亏待他人与自己。他去世几个月后出版的长篇小说《太阳升起》，如诗如画，仍然散发着强劲的生命力。

二〇一二寄语话唐诗

二〇一一年我读了一本妙书:《唐诗排行榜》。乍一看这个题目,不免纳闷,怎么把这排名次一类商业做法强加到经典的唐诗上去了?读后才明白,中华书局出的这一本书,讲的是接受美学的一个部类,即从历代选本入选次数、历代评点条目入选数据、二十世纪论文有关数据、二十世纪文学史入选数据与当今网页链接有关数据等,看唐诗被接受的数据。

用严格的统计学、数学方法计算起来,结论是,毫无疑义的最被古今国人接受的唐诗,第一名是崔颢的《黄鹤楼》:

  昔人已乘黄鹤去,此地空余黄鹤楼。
  黄鹤一去不复返,白云千载空悠悠。
  晴川历历汉阳树,芳草萋萋鹦鹉洲。
  日暮乡关何处是?烟波江上使人愁。

我对此进行了反复的思量。此诗前四句平顺通俗直如口语,但也流露了中华文化的历史与沧桑感,表达了中华历史的魅力,进入了诗歌的幻想世界。但是更主要的是后四句。"晴川历历"云云,与长江流域的土地的亲近感与清晰感,"芳草(一作碧草)萋萋"云云,对大地上草木的繁盛感与温馨感,都挚爱深情,令人泪下。"烟波"云云,与历历在目的说法不完全一致,又透露了几分忧思。

崔颢此诗的接受程度如此之高,绝非偶然。它表达了一千数百年前中国士人对于中华大地的刻骨铭心的热爱与忧思。

年轻时候读俄罗斯文学作品,常为它们对于俄罗斯大地的忧郁的爱所感动,而同时也常常为中华文学尤其是中华长篇小说缺少写风景的传统而遗憾。好了,多么好,从崔颢此诗独占鳌头这件事上,我的感觉有了些不同,我的感动对于我其实是很大的满足。

前年,我欣赏开封市的清明上河园的大型文艺演出的时候,听到一上来,用辛弃疾的词《青玉案》的合唱来回顾北宋某一段时期的太平盛世的节日光景:

> 东风夜放花千树。更吹落,星如雨。宝马雕车香满路。凤箫声动,玉壶光转,一夜鱼龙舞……

这样地写中华大地上的节日的词篇,也令我热泪盈眶。我想,我愿意世世做中国人,哪怕只是为了欣赏《青玉案》这样的词作。

回过头来说唐诗的接受美学的排行,第二名是王维的《送元二使安西》:

> 渭城朝雨浥轻尘,客舍青青柳色新。
> 劝君更尽一杯酒,西出阳关无故人。

太好了。它反映了中华文化中的重情谊、重友情、将朋友也纳入五伦的观念与送行的风习与情义。一方面是明白如话,真切如实际的生活,一方面在这样平常的语句中竟是这样地情深意长,恋恋不舍。

什么是唐诗宋词?这就是中国,这就是中华历史,这就是中国的读书人。

也许读者以为老王跑了题,编者约老王写的是新寄语啊。好的,我说一件小事吧:在美好的二〇一二年,朋友们,让我们一道多读多背诵多欣赏多分析多朗读一些宋词吧。朗读宋词,会使我们的新的一年更加高雅,更加美丽,更加幸运与满意,让我们更加热爱我们自己的文化、同胞与大地。

眷恋与忧思

如果让我选一首我最喜爱的唐诗，我想，我会毫不犹豫地选李白的《将进酒》。只"君不见，黄河之水天上来……"就已经让人醍醐灌顶了。

但最近一批搞接受美学的专家，根据古往今来被刊印、被评点、被收入诗选或文学史、成为论文的主题与出现在网上的频率，进行精确的数学与统计学的计算的结果，被选择为"唐诗排行榜"第一名的是崔颢的《黄鹤楼》（见《唐诗排行榜》，中华书局2011年9月版）。这很有个思考头。

    昔人已乘黄鹤去，此地空余黄鹤楼。
    黄鹤一去不复返，白云千载空悠悠。

开头这四句，写得平顺，像口语，不吃力，不像作者花了什么炼字炼句的功夫。但它有点纵深感，沧桑感。不是中国这样的古老文明国家的诗人，是不会有这样的四句诗的。黄鹤不返的故事里包含着许多不可考的往事，许多怀念与记忆。中华民族是一个富有记忆的民族，是一个往事千姿百态、魅力无穷的民族。失去了记忆的浅薄的信口开河的中国人，很难像是个真正的中国人。

晴川历历汉阳树，芳草萋萋鹦鹉洲。

这是最最关节的两句诗。晴川历历，历历在目，晴空下的大江即长江，这说的是中华长江流域的亲切地貌，大地与诗人的距离如同零。芳草萋萋，是草木繁盛，说的是此地的植被葱茏，好田好土。短短两句诗充分表达了对中华大地的眷恋、亲近、温暖的感受，是诗人对于中华怀抱的投入。这样的描写催人泪下。

日暮乡关何处是？烟波江上使人愁。

这两句又有些不同了。晴川历历，本来一切看得清清楚楚，可能是近看很清晰吧，远望呢？波浪如烟，看不到故乡了，崔颢有游子之叹了。除了对于中华大地的眷恋之外，诗人表现了某种忧思。眷之深，恋之诚，也就会忧之弥漫而思之牵心动情了。能不为之感动吗？

我年轻时常读俄苏文学作品，常常看到苏联文学评论家讲述的俄苏作家对于俄罗斯大地的忧思,例如契诃夫的《草原》,例如高尔基的某些作品,例如列昂诺夫的《俄罗斯森林》。我很感动。我们的长篇小说中对于大地的描写可能不是特别多,但我们更是一个诗歌的民族。我们的诗里充满了对于中华大地的眷恋与忧思:"卿云烂兮,糺缦缦兮。日月光华,旦复旦兮。"是这样的。杜甫的"岱宗夫如何?齐鲁青未了",还有他的"无边落木萧萧下,不尽长江滚滚来";李白的"五岳寻仙不辞远,一生好入名山游"与"明月出天山,苍茫云海间";王维的"大漠孤烟直,长河落日圆"与"明月松间照,清泉石上流"……多着呢。其中,气魄大,用语自然,特别动人的,不能不想到崔颢的《黄鹤楼》。

诗之外,我们的一些辞赋名篇,也有许多这方面的内容。从这个角度检视中国的古典文学,也许我们能有新的发现与感悟。

诗词的时间与空间容量

> 大江东去,浪淘尽,千古风流人物。故垒西边,人道是,三国周郎赤壁。乱石崩云,惊涛拍岸,卷起千堆雪。江山如画,一时多少豪杰!

一上来"大江东去"四个字气势极大,空间极大。从赤壁向东流去的是长江之水,是乱石崩云(一作"穿空")、惊涛拍岸之水,当然也就是虎虎生气、一往直前之水。同时,在中国,流水是时间的视觉符号,"子在川上曰:逝者如斯夫,不舍昼夜!"从最开始,逝水就是时间的符号,谈到逝水,一个空间的辽阔,一个时间的久长与永无止息,都表现出来了。"故垒西边",一个空间的横坐标上的点——赤壁,表达的却是历史纵坐标上的点——三国周郎。据说苏轼说的是湖北赤壁,并非当年的群英会、借东风的战场,倒也无妨。苏轼写的是胸怀与感受。"江山如画",是写景,着力点却是风景引起的感慨:"浪淘尽……一时多少豪杰!"

应该说,毛泽东的"江山如此多娇,引无数英雄竞折腰"中,也有这种气势与胸怀。

景是如画的江山,是千堆雪,是大江流日夜,是乱石与惊涛,是故垒西边,情是慨叹多少豪杰已随逝水东去,尤其是下半阕的妙语:

> 遥想公瑾当年,小乔初嫁了,雄姿英发,羽扇纶巾,谈笑间,樯橹灰飞烟灭。故国神游,多情应笑我,早生华发。人间如梦,一尊还酹江月。

遥想当年,是思古之幽情,是望洋而起的叹息,是想象力、感受力的伸展与穿透,是对于一幅幅历史长卷的击节赞赏与缅怀沉醉,是对于本国本地本族群的过往的遐想与挽歌,也是对不舍昼夜的逝水的悲怀遣吐。故国神游,是带有概括性的总结,是文人墨客的抒写的情怀。他与曹操的吟咏"周公吐哺,天下归心"的自诩的心情大不相同。苏轼无意学三国的周郎,学诸葛孔明,学曹丞相孟德,他的追求与经验与三国故事人物之间缺少可比性,但他还是为之感动,为之神游,为之早生华发,为之触景生情,为之想到多情人对他的感慨,亦即为之想到情的漫延与互动。苏轼并为之兴人间如梦之叹,乃至用一樽酒祭奠江水与明月,祭奠江水反映的月光之影使他的诗余音袅袅,至今不绝。

中国的诗学，推崇的是格局，是境界，是心胸，是气度。中国的诗学讲究的是大空间之感，大时间之感，大心胸之感，大诗词之感。中国的士人自古就不喜欢那种鼠目寸光、斤斤计较、嘀嘀咕咕、小肚鸡肠。从苏轼此词的独占鳌头，也许我们能够对传统的诗词文化有更多的体会，对拓展自身的魂斗罗有更多的努力。

富有音乐性的歌词

一九八四年,我有幸率团参加苏联塔什干电影节,途经莫斯科逗留,与汉学家谢尔盖·托洛普采夫相识。而在后来的文学交流与相互来往中,我与自称"谢公""老托"的他,还有他同是汉学家的亲和友善美丽的夫人尼娜成为好朋友,他将我与铁凝等人的许多作品译成了俄语,对我的作品也有重要的、有创见的分析评论。二十世纪九十年代以后,他逐渐将注意力与翻译介绍重点转移到中国古代大诗人李白身上,是他推动了俄罗斯读者认识与接受了李白。最近,二〇一八年在以色列耶路撒冷拜访了他的新家之后,又得知他的翻译面延展到中国宋词,还有三十四个作者、一百首脍炙人口的宋词俄译即将出版。

汉语文学这棵大树,在五千年历史的长河中,硕果累累,宋词可谓是一组丰美的果实。在中国诗词的统称下,有诗与词两种形式,公认为在唐代和宋代分别达到了顶峰,所以有"唐诗""宋词"之说。简洁地说,词一开始是为曲调谱写的歌词,富有音乐性,有鲜明的节奏,所以被称为曲子词。词不同于诗,最明显的是它的形式是长短句，可以更加委婉曲折地表达感情，不像五言诗与七言诗，那么整齐拘束。

而词又是"曲子词"的简称，简单地说，"词"就是"歌词"，是根据曲调命名的不同的词牌，曲调曲牌多种多样，依定规而以长短不一的诗句排列、结构而成的，并有独特的平仄、用韵和语言结构格式。词从唐代发展起来，到宋代（公元960—1279）出现了繁荣气象。许多词牌的命名极具美感，让人动情。如托译本中有的"满江红"，一见此名就有雄奇之感；"蝶恋花"，情爱依依，难以自胜；"菩萨蛮"，翻译家杨宪益认为来自缅甸，唐代已传至中原，宋代仍受词家喜爱；而"苏幕遮"则来自西域，首先由唐明皇李隆基接受了这个格式与名称，一直发展到宋代。

我们打开老托的俄译宋词的目录看一看，《乌夜啼》《相见欢》《虞美人》《雨霖铃》《一丛花》《念奴娇》《天仙子》《浣溪沙》《玉楼春》《临江仙》……真是琳琅满目，美不胜收，让你惊讶于古代中国的民间歌曲的曲牌是何等讲究精美，多彩多姿。拓宽了古代中国的诗学观念与诗歌题材的选择空间。

宋朝的前期北宋时期（公元960—1127），宋词已经发展到很高的水准，这与宫廷文艺教坊与当时民间游艺场所的发展有关，总起来说，走的是满足听者的艺术欣赏趣味情愫一路，是对世俗化、市井化、日常生活化与某种精神愉悦口味的迎合，大多表现为文人的细腻情感,并常涉女性情爱心绪。柳永的所谓婉约多情的词风,影响普泛,号称"凡有井水处,皆能歌柳词"。

宋朝后期的南宋时期(公元1127—1279),国家社会生活动荡,出现了苏东坡、辛弃疾这样的豪放派词人,他们的忧国忧民、沉郁悲壮的词风,上承中国古代圣贤提出的"诗言志"传统,在中国的诗歌史上树立了巍峨的丰碑,至今读来壮怀激烈。

我个人对于词的喜爱无以复加,我曾经说哪怕仅仅是为了读好苏东坡与辛弃疾的词,"来生"我还要做中国人。我的话使不止一个中国老知识分子热泪如注。同时每种词牌都有它的特点,它的功能特色与风味色彩,中国曲子词的形式与内容令人陶醉。

我还在纽约的华美协进社(China Institute)回答听众问题时说:"你问中国人为什么爱国吗?他们喜欢吃中餐,喜欢中国诗词,中餐是中国腹,诗词是中国心,中国人的爱国是心腹之爱。"

汉学家谢尔盖·托洛普采夫在电邮中把自己的姓名拼成"李太白"(李白),而在微信中则自称"谢公"(指被李白尊称为谢公的谢朓),让我这个中国人深感喜爱。我习惯于称呼他"老托"。我钦佩老托,他经历了一个又一个的世纪变局——苏联变局、生存地点、生活方式的变化等等,然而他对汉学的热情没有变,对中国诗词的倾心没有变,对文学与历史的襟怀抱负没有变。在中国诗仙李太白与著名的山水诗人谢朓——谢公英灵保佑下,老托的这一本不同寻常的新译作出版了,在此向他和他的夫人表示热烈的祝贺。

《红楼梦》天长地久

社会的急剧发展与变化提供着新的生活质量、新的物质与精神产品、新的用具与方式。与此同时,也会,也已经引起各式的不习惯、躁动、浮想、惶惑与应对上的无奈感,我们的生活中我们的手机上经常出现一些荒诞无稽、似是而非却又不吐不快的"段子"。最近传播的"死活读不下去排行榜",就是这样一类段子的实演之一。

通过毫无科学性、准确性的所谓网调,三千个网民——多半是年轻的"网虫",把中国的四大名著"吐槽"为死活读不下去的书籍前十名,《红楼梦》高居榜首,而外国名著《追忆似水年华》《瓦尔登湖》《尤利西斯》等也赫然在目。

其实这是必然的,因为经典名著中的相当大的一部分是这三千网民所根本不知道的,他们对之没有读不下去的体验,不知其书名,更没有见过其书本。例如,一些古代中外哲学名著,一些专业性较强的著作,一些篇幅浩大的巨著。从这个意义上说,一批中外文学名著上榜,正说明这些名著的家喻户晓,绕不过去。

经典的特点在于它受得住时间的淘洗，镌刻于历史的丰碑，能够传之久远，能够影响巨大，能够经受得住专业的、学理的、艺术的、思想的与智慧的检验，能够对民族的与人类的文化发展产生影响。

一时一地一个圈子里的受众数量，与是否具有创造性、经典性、历史意义，关系并非很大。以《红楼梦》为例，从以手抄本的形式流传以来，至今，在中外，出过多少版本，印刷过多少数量，引发了多少话题，造成了专门的"红学"，改编了多少戏曲、曲艺、影视作品，出了多少研究专著，出了多少哪怕是并不成功的续作，给了一代代国人以多少感动冲击思考，都是不言自明的事情。几个小网民吐这个槽，只能说明我们的人文教育还不够充分，我们的网虫还太无知可怜罢了。

但也并非事出无因。原因是我们正在或已经进入了信息时代。信息技术的发展使得传播在数量与速度上取得了爆炸式的扩张。人们获取信息的过程正在无比地舒适化、便捷化、海量化、人云亦云化。人们正在用重复传播的速量取代精神生活的深度、精准程度、创造性、细腻性、独到性。三千个"网虫"在一两个三五个诸葛亮的带领下有可能做出伟大的业绩，但也有可能在几个忙于炒作的网络经营者的带领下搞出消灭诸葛亮的倒行逆施。关键在于引导，关键在于分析，关键在于我们千万不要被某种传播上的大呼隆所动摇。《红楼梦》将继续光芒四射,而上述排行榜的出现,不过是一时的恶搞或者搞笑。

学好汉语，没有借口

每年夏天，高考都是最热的话题之一。教育体制和选拔机制我了解得太浅，不能随便评论。但我那些孙子辈的人，有的还在上中学，看到他们从早到晚地做功课，实在是苦不堪言，让我很是感慨。

我的孙子还比较小的时候，语文常常不及格。我就奇怪，你语文怎么会不及格呢？我给你讲讲。他说你讲不了，你根本就不懂。我连初中的语文都根本不懂？后来我一看，我真不懂。

第一个选择题是这样，原句是：在我的窗外长着一棵杨树，下边写几个选择：有一棵杨树长在我的窗外；隔窗望去有一棵杨树；我看到窗外有一棵杨树。这几个里头你挑一个最符合原意的句子。

我一看几个都符合。我的水平太低了。

第二个选择题，保尔说："人最宝贵的是生命。生命每个人只有一次。"下面又是几个句子：A. 人，最宝贵的是生命，因为生命对于人，只有一次。B. 生命对于人是非常宝贵的，因为它只有一次。C. 既然生命只有一次，所以它非常宝贵。

我看完这几个,又都觉得对,可在孙子面前又不甘心败下阵来,于是就发挥自己的最大智慧,挑选了一个。孙子一查答案:错,零分。

由此,我联想到高考作文,如果这个孩子是中等水平,千万别想什么出奇制胜,让他四平八稳写就行了,起码能得个及格。可是这个孩子如果智商特别高,突然来一个绝的、怪的,按老师这种答题思路,恐怕"风险"就太大了。

语言是灵活的,很多时候并没有"标准答案",中小学的汉语教育搞成这样,令人费解。究竟应该怎么教孩子学好母语,我不是教育学专家,不好乱讲,但祖先留给我们的汉语这么美,实在应该好好研究一下怎么传给子孙,而不是一门心思研究让孩子们摸不着头脑的"标准答案"。

前一段网上宣传,说王蒙提出来要进行汉语保卫战,因为现在英语学得太多了。这纯粹是胡言乱语,我是谈到过这些问题,但我没有提过"保卫战"。其次,我也不认为学英语是汉语水平降低的原因。

如果说学英语学得好,你可能没有辜鸿铭学得好,没有林语堂学得好,没有钱锺书学得好,但他们的中文比英文都更好。

而且,我宁可相信学好母语是学好外语的基础,学好外语是学好母语的参照。所以,如果你的汉语水平屡屡出现问题,那就是因为你汉语太差,而绝不是因为你的英语太好。你不能以学好英语为借口不好好学汉语,也不能以学好汉语为借口不好好学英语。如今社会上很多地方,包括一些媒体的语文水平太差,恐怕,一来和从小接受的"标准答案"式的汉语教育有关;二来也和这种爱找借口的思维有关。

请爱护我们的语言文字

语言文字是一个民族的文化基石，尤其是我们的汉语，属于独特的词根语——汉藏语系，而我们的汉字，集表意、表形、表音于一体，象形、会意、指事、形声、转注、假借六书更是我们的瑰宝，是我们的独特文化传统的根基，它的构词与句法语法与我们的传统思维模式关系极大。汉字更是我们伟大古国凝聚统一的一个重要因素。

我们正大张旗鼓地宣传弘扬传统文化，然而，语言文字的一些状况却令人担忧，值得引起我们的重视。

例如电视屏幕上常常出现的错别字，包括面向境外播出的节目。例如获得大奖的作品中出现"你家父"这样的句子，他不知道尊称别人的父亲是"令尊"，谦称自家的老爷子才是"家父"。

各种对联包括刊载在媒体上的与贴在门上的，很多是对对联的嘲笑，风马牛不相及的两句话，不讲平仄，不分虚字实字，不讲比较衬托，硬写在那里了，实在是对中文的不尊重。看这样的对联,有时真与吃一个苍蝇一样恶心。古代甚至曾经以"对对子"取士。如今成了这样,令人能不痛心?

把小品演出中为了搞笑而错误百出的语句当成了范例,例如认为"相当"是最高级的副词,认为"相当好"的好的程度高于"很好"。

这足以令语文工作者叹息!

媒体的一点玩笑,往往误人子弟多多!当读到"离离原上草,一岁一枯荣"时,有的孩子的第一反应竟然是"脚气药",只因脚气药广告中用了此句。再如"刻不容缓",某些地方,竟然不如"咳不容缓"那样被青少年熟知。

当然不是故意,名为调侃,实则糟蹋。

简化字回繁,也常常搞得笑话百出。例如谿与榖本来都是繁体字,前者指山谷,后者指谷物,二者合并后简掉榖。谷可以代替榖,但榖绝对不能代替谿。现在一时兴回繁,把山谿也写成了山榖,笑死人。繫与係也是如此,当我看到"文学大繫"的标题,真的是哭笑不得!简体的钟代替了鍾和鐘,但二者含义不同。鍾是钟情,鐘是钟表。非要把钱锺书老的名字写繁体字,却又不知道鐘与钟的区分,能不闹笑话吗?繁体範、范是两个字,后者是姓,前者才是模范、范式的范却又兼作姓氏。现在一回繁,姓范的都变成姓範的了,其实还真有姓範的,但也有范而不範的呀,真是乱了套了。

趸进一些文理有问题的说法:如"不尽人意",本应为不尽如人意,演绎的用法大大出了格,前者甚至取代了后者。区分不了"不以为然"与"不以为意",将不重视说成"不以为然",其实"不以为然"是说不赞成,"不以为意"才是说不理会。

错用成语,如把希图侥幸的"守株待兔",当做军事上的固守用。

不说了,由于一些不负责任的传媒的影响,由于简体繁体字的随便混用,由于对外来影响的匆匆接纳,我们的语文使用进入了无序状态,这已经成为影响一代国人文化素质的大事了!再不能熟视无睹。

汉字之恋

中国文化的首要特色是什么？或说是儒家文化，或说是稻米文化，或说是重食的文化……我个人则愿意说，首先是汉字文化。

汉字是中华民族独有的瑰宝，它的形象性、多媒体性、体系性与关系、道理的自足性，无有其匹。它强调整体、强调根本、强调事物之间的联系与通达，影响了几千年的中华文明走向与中华儿女的命运。

一九九四年，我在纽约资深的华美协进社演讲，一位当地的听众问："为什么华人都那么爱中国？"我回答：第一，我们都爱吃中国饭菜。第二，我们都爱汉字写的唐诗宋词。

我的意思是唐诗宋词是汉字的范本：整齐、音乐性、形象性、全面的符号性、"合理性"、同音字的联想与发挥、对称或对偶性与其辩证内涵、字本位的演进性质，都令人神往乃至痴迷。我们永远无法用"Bái rì yī shān jìn, Huáng hé rù hái liú"替代"白日依山尽，黄河入海流"。不，拼音文字与汉字书写起来，印刷出来，给人的感觉是完全不一样的。

我年轻的时候并不这样想，那时候我很激进，相信汉字影响了识字的普及、造成了长期的封建专制的说法。现在，汉字已经完全感服了我。它是那样的美丽，那样的微妙，那样的丰富，那样的方便，字重心长，多彩多姿。无怪乎古人说它的诞生使得天雨粟、鬼夜哭，它是鬼斧神工、惊天动地的伟大创造。它现在已经完全解决了电脑输入的问题，它同样完全可以适应现代化、全球化的需要。

而且，它对于中华儿女来说是牵肠挂肚，凝结团聚的象征。没有汉字，中国早不知分裂成多少块了呢。一行方块字，双泪落君前，这是中华学子的共同体验，尤其是在全球化的今天。汉字在，中华在，中国人的文化自信与文化向心力在。

尤其是中国的读书人，读写用汉字，本身就是一种韵味悠长的文化习俗与文化享受。明窗净几，文房四宝，添香研墨，笔走龙蛇，这是何等的快乐，何等的脱俗与超拔！

可惜的是，当下在青年人中，对于汉字的识读写用，有黄鼠狼下耗子一代不如一代的趋势。一是错别字到处出现，一是成语熟语的乱用误用。如说搞得不好是"差强人意"，说防御守卫是"守株待兔"，说轻忽大意是"不以为然"。一是称谓用语的误用，如将令尊叫成"你家父"。一是把简化汉字时原来两个字归并成一个字的，为了还原成繁体，而搞笑搞错，不伦不类。

如将"塔什干"写成"塔什幹",他不知道,"幹"与"干"原本就是两个繁体字,"干"是用在天干地支上的,而塔什干的地名,即使没有简化,也从不用"幹"字的。至于把"山谷"写成"山榖",把"文学系"写成"文学係",就更令人笑掉大牙了。

还有些特殊的词我怀疑是不是在以讹传讹。我们日常说的"出幺鹅子",本来语出旧时的"斗骨牌",骨牌中的幺鹅,大致如麻将牌中的幺鸡。而现在被规范为"夭鹅子",天啊,我们的一点点关于骨牌的文化记忆,就此休矣,惜哉痛哉!

网上用一些怪字和莫名其妙的词儿,本来无伤大雅,可以任其自生自灭。但用得太滥太俗太恶心了,终非善事。把"东西"叫成"东东",不过是开一个极浅的即无文化含量的玩笑,属于小儿科的贫嘴罢了。把"女生"叫成"驴生",已经是谑而略虐了。把某一年的流行字说成是"被",不无趣味与含义。把打气、鼓劲、提神非要说成是"给力",则又回到了小儿科或牙牙学语的水准了。少年儿童当然有权发明各种说法嘲弄法玩笑话,但与此同时,恐怕还得学点识读写用我们伟大汉字的真学问。不然,等到您二三十岁了,仍然是只会这一类半通不通的话与字儿,长得太慢些了吧?

还有书写。我最近得到一本北京出版社出版的《初期白话诗稿》,是当年刘半农编辑的,内收李大钊、沈尹默、沈兼士、周作人、胡适、陈衡哲、陈独秀、鲁迅等人的白话诗影印手稿,令人爱不释手。说实话,这样的书我们看的不是诗句而是书写。李大钊的字浑厚大气,沈尹默的字深沉中显出潇洒,沈兼士的字收放自如,胡适的字比较书卷气,陈衡哲的字傲然有棱角,陈独秀的字极富才华,而鲁迅收在此处的字则显出一种稚拙。太有趣了。

  学会辨识、阅读、书写与欣赏我们的汉字吧。其乐无穷,其妙无已,做一个热爱汉字、敬重汉字、保护汉字的正确性与美妙性的中华学子吧,而后才谈得到继承与弘扬中华的优秀文明。

家大舍小令人家

我不止一次在电视剧中听到，一个人提到对方的父亲时，说"你家父"如何如何，不免有点惊吓，不知身陷何处。因为"家父"是说自己的爸爸，别人的爸爸只能叫"令尊"。"你家父"之不通，就与"我阁下"或"您鄙人"或"他小可"一样，干脆分不清你我彼此啦。

更早一点，我是在阿城的名作《棋王》里看到了"你家父"一词。阿城的"三王"由于其中中华传统文化含量很高，一鸣惊人，很受称赞；却在称谓上如此露怯。为此我在写文表达对《棋王》的高度赞赏的同时，婉转地提出"你家父"的说法实在遗憾。我没有耳提面命地讲解应该怎么样称呼，我本来以为这些会有小学的语文老师出来讲。

这样，我估计有一些读者也根本没有看出来我写的是什么意思，就是说干脆没有看懂我对"你家父"一词的痛苦反应。

此后的"你家父"云云变本加厉。一本我的好友的获得茅盾文学奖的巨著中也赫然写着"你家父"三个大字，为此，细心的国家图书馆老馆长任继愈先生向我提出了质疑。我也难过了良久：作者不知道这些称谓、尊称上的知识吗？编辑、责任编辑与终审编辑呢？评委们呢？各位如日中天、扬名海内外的大作家们呢？如此以讹传讹地扩散开去，不知伊于胡底呀。

中国人称呼他人或自己的亲属时，有一种尊称或谦称，其规律是"家大舍小令人家"。即称呼自己的亲属，比自己年纪或辈分大的，称"家"，称自己的哥哥叫"家兄"，称自己老子叫"家父"或"家严"，称自己老娘叫"家母"或"家慈"。称自己的弟弟妹妹为"舍弟""舍妹"，关系远一点的亲戚则称"舍亲"。这些是不能随意更改的，如果你说自己的父亲是"舍父"，说自己的妹妹是"家妹"，那是会被认为精神错乱，是会被笑掉大牙的。

另外还可称女儿为"小女"，儿子为"小儿"或"犬子"，称自己妻子为"贱内""拙荆""内人"。顺便说一下，这些对妻子的称呼今天看来不甚妥当，但称自己妻子为"我夫人"也有些"二"，因为夫人是对他人的妻子或其他女性的尊称。这就像"您老人家""您（他）老人家"是可以用的，"我老人家"则会显得可笑。"令人家"，就是说到他人的亲属时要有个尊称，"令尊""令尊大人"是说对方的父亲。"令堂"是说对方的母亲。"令亲"是说对方的亲戚。"令姐""令妹""令兄""令弟"说的是对方的姐妹兄弟。称对方的女儿"令爱"，对方的儿子则为"令郎"，这都是很文雅的说法。此外还有称对方的女儿为"千金"，对方的儿子为"世兄""少爷",称自己为"在下""鄙人""小可""兄弟我",等等。旧时代由于阶级等级森严,称谓的要求相当严格,没有到那个份儿上,自己"称孤道寡",那是要杀头的。对别人的亲属称呼不敬也会变成严重的冒犯。解放以后,这方面大大地"松了绑","你父亲""我母亲""你爱人""我老公"都是很简便也很亲切的说法。不知道"家大舍小令人家"的规则也不足为病,您可以不用这些尊称与谦称。问题是您别瞎转呀,转出一个"你家父"来,多么卸力,多么丢人!尤其是咱们的爬格子的同行,咱们互相提个醒儿,悠着点吧。

谈词说字

雄关不可"漫道"

早在五十多年前,我在新疆,看到了报纸上刊登的一个戏剧预报,剧名《雄关漫道》,不免一惊。因为都知道毛泽东的《忆秦娥》中的名句:"雄关漫道真如铁,而今迈步从头越。"这里,"雄关"是主语,是指雄伟的关隘。"漫道"是谓语,"漫"是莫要或随意,"道"是说道、却道、且道、言道的道。"漫道"就是不要说。"真如铁"是补语或宾语,是"道"这一行为的内容、对象。"雄关漫道真如铁",就是(请你)莫说雄关如铁的意思,把前四个字分离出来是文理不通,是闹了笑话。

"漫道",其实是一个常见于诗词曲中的词,如"漫道帝城天样远,天易见,见君难"(不要说皇帝的都城与天一样远,天是容易见得着的,见皇上可就难啦),"漫道而今无贺铸,尽肠断,满帘飞絮"(别说现在没有善书性情的词人贺铸了,照样到处是伤心极了的断肠飞絮景象),"漫言不肖皆荣出,造衅开端实在宁"

(不要说不肖子孙都是荣国府里出现的,真正留下了麻烦、开启了事端的其实是宁国府),这里的"漫",全都是莫、别、否定的含义。

古来的诗文上,"漫"更常作随意、或有、无心、不固定、无边界讲。如"漫卷诗书喜欲狂",如"漫步""漫画""漫谈"等。取出"雄关漫道"四字的朋友,恰恰忽略了"漫"与"漫道"的这些含义,而以为"漫"是漫长,"道"是道路了。赵朴初当年写过专文,介绍毛泽东《忆秦娥·娄山关》词含义,指这里的"漫道"就是"别说"的意思。就是说诗人的原意是,不要说娄山雄伟关隘像铁一样地艰险强固,如今我们红军迈着大步穿越过去了。

因此,"雄关漫道"云云是不通的,起这四个字作剧名是没有弄清断句,这就闹了笑话。漫长云云,是比较新的文学用法。"道"在此词里是当"说话"讲,"有道是"的"道"讲,绝对不能当"道路"讲。想当年,新疆文联的主席刘萧芜也叹息良久,说《雄关漫道》的题名不通。

将"雄关漫道真如铁"解释为"雄伟的关隘""漫长的道路""像铁一样难过",此种不通当时已现端倪,否则,赵朴初不会专门写文章做高小学生的语文教师的工作,专门解释"漫道"与"漫"字了。

半个多世纪过去了,如今更麻烦了,汉语的不通与误读已经成为顽疾,"雄关漫道"已经成为难医的老病灶。不但《雄关漫道》的剧名堂堂皇皇扬名于世,而且以"漫道"作名称的大公司也出来了。扭转一个字词使用上的不通,难矣哉!

我个人的小说《球星奇遇记》中有一歌词,曰"你且漫舞,我且漫唱",责任编辑死活要把它们改成"慢唱慢舞",真是活活地要你的命啊。

我曾经在某个场合提出过"雄关漫道"问题,一位用了此名称的作者说是某大领导已答应题写此剧名(后未题),另一位领导建议作者与王某人沟通一下。呜呼,语法构词等事宁有人际关系、公共关系的活动空间乎?语法构词事宜也要官本位乎?以不妥之文字稿求领导题写,这不是害领导吗?悲哉汉语,不通漫道真如铁,而今我辈从头学!

"神马"与"柴鸡"

不牵扯用字用词上的正误,只是说说有些词的演变,十分有趣。青少年喜欢在网络上用点怪词怪字,表达一种往大里说是叛逆、调侃,往小里说是换换新鲜、开开玩笑的心情。青少年天天听家长的,听老师的,听社会的国家的,鞠躬敬礼,乖乖地接受教育,可能有点辛苦,想懈松懈松,搞点小乱。例如他们编歌谣说"早晨到学校,带着炸药包,轰的一声响,学校炸没了"，不，说上述歌谣的人多半没有恐怖倾向。还有童谣说："日照香炉生紫烟，李白来到烤鸭店，口水直下三千尺，摸摸口袋没有钱。"这也丝毫没有对李白的不敬，说句笑话，可能还流露了对于改善诗人生活待遇的关切。

二〇一〇年说是网上时兴"神马"一词，说什么"神马都是浮云"，等等。其实早在七十年前，我上小学的时候，我们就爱说"神马"，神马者，"什么"或"甚么"也。"甚"与"神"读音相同，"什"在这里也干脆应该读"神"。"么"一般应读轻声，如果轻声重读，再把韵母e读成更响亮的a——，念出来就是"神马"了。

我上小学时候男生之间互相讥笑，就爱说他人"神马玩意儿""神马东西""神马德行""神马话"呀，用意与"什么""甚么"无差别，现在说的"神马都是浮云"，也仍然是"什么都是浮云，都是转瞬即逝"的意思。

新啊新啊的新词，原来是旧词啊。与其玩这些小意思、其实没多大意思的新词，不如学好汉语中文，当然也要学好外国语，长点语言方面的真本事，管用。

现在还有一个变异了的老词新用，就是"柴鸡"一词，自从二十多年前推广了工场化养鸡以来，人们痛感到这种集中快速用昼夜不眠与不准活动只准揣肉的惨无鸡道法养育出来的鸡只的肉与蛋都不好吃，于是人们更看重农家散养的土鸡，河北与山东很多地方把这种土鸡叫作"笨鸡"。铁凝的小说《笨花》中对此"笨"字有所解释。她写的"笨花"则是土种的棉花。我们现在常用的"柴鸡"一词，就相当于方言"笨鸡"。

问题是北京早有"柴鸡"一词，但写出来规范的不是"柴"鸡，而是"孱鸡"。我小时候，养鸡的人都注意区分"油鸡"与"孱鸡"。油鸡个儿大，母鸡也有不小的冠子，当然个儿比公鸡的小，油鸡腿上常常长着浓密的毛，母鸡下蛋数量多个儿大，蛋皮发红。我从小就有挑红皮蛋吃不挑白皮蛋吃的信念，与时下正好相反。这些油鸡其实是洋种进口的，由于它们形象的丰满滋润而被命名为油鸡，鸡而流油贮油肥墩墩，油乎乎。那么柴鸡呢，就是骨瘦如柴的鸡。于是著名满族学者金受申，在他的《北京话词典》中，干脆把柴鸡正名为孱鸡——孱弱的鸡。

我的童年时期，每到初春，街上都有挑着担子卖鸡雏的，买主和卖主经常会进行对于是否柴鸡的鉴定答辩。买主为了压价，一上来就一口咬定那些鸡雏一准是孱鸡，而卖主则信誓旦旦地保证他卖的全是百分之百的油鸡。看来，长大了好区别，小时候还真看不出油不油、孱不孱来，看鸡是这样，看人也是如此。

真是三十风水轮流转，不，不止三十年了，而是两个三十年只多不少，中国人认识到了并不是洋的都好、个儿大的都好、油乎乎的都好。土的、笨的、柴的乃至于认为是孱的小的瘦的，仍然有自己的存在的理由，天生我鸡必有用，油鸡惹厌柴鸡来！

顺便说一下，柴鸡蛋能卖更高的价钱，于是我国现时出现了假柴鸡蛋，甚至还有把染白了蛋皮的假柴鸡蛋卖到外国的，假冒伪劣，何至于斯！

"丫挺的"及其他

北京人有一句半调笑半骂人的话，"丫挺的"，有人正经八百地解释说，"丫挺的"，就是说一个未婚女性，一个丫头而挺起了怀孕的大肚子，被认为不雅乃至丢人现眼，故曰"丫挺"。

真是信口胡诌。"丫头挺着"，民间语言有这样造句的吗？为什么不叫丫撅的丫鼓的丫凸的？不是更有大肚子的形象感吗？稍稍查查，体会体会，多少了解一下旧社会的观念与汉语的发音拼音方式就能知道，"丫挺的"原话是"丫头养的"，"丫头养的"才是骂人的话。而"丫头养的"，读快了，出现了汉语上常有也常使用的反切关系，即前一个字的声母与后一个字的韵母拼到一起的情形，头养切，是什么音呢？头应读tóu，声母是t，去韵母ou而留声母t。而养呢，读yǎng，声母是y，韵母是ang，去声母y，留下的是韵母ang。前面的t，与后面的ang连读拼到一块儿，本应发出táng即唐的音来，táng中的a，是后元音，即用发音器官的后部发的音。读得快了，马虎了，轻了，就弱化成了i（或e），变成了前元音，即运用发音器官的前部发出的音。各种语言中都有后元音弱化而成前元音的例证，个中维吾尔语最为明显。

旧时没有注音符号，也没有拉丁字母的汉语拼音符号，古人注音就是用反切法，用前一字的声母与后一字的韵母相拼，如读过一些古书，对反切云云当不陌生。反切而出的复合字颇有一些趣味，如"甭"，字如其形，本字就是"不"与"用"二字的复合，读不用切，即 bu 中的 b，yòng 中的 ong，读成 bong，o 再弱化成 e 最后读成 béng。而"别"字，是不要切，是"不"与"要"二字复合。b 加上 ao，再把韵母弱化成了 ie，读作 bié，"别"就是这样出世的。旧书中有的干脆把"别"字写成上面一个"不"，下面一个"要"字的，即"嫑"。

反切中出现其他变化的是"孬"字，此字很通俗，就是"不好"的意思。现读 nao，如闹。其实严格反切，应是 bao，即读如包。问题是人们干脆把 b 字忽略了，读成 ao，如熬。但我国河北东部，一直延伸到山东，还有东北一些地区与天津市，方言中常常给元音起始的字音前加上一个辅音 n，将"熬茄子"读成"闹（阴平）茄子"，将"安全"读成"南（阴平）全"，将"挨着"读成"耐（阴平）着"。不好即"孬"的读音就是经历了从"包"到"熬"到"闹"（阴平）的过程，成了现在这个样儿的。

汉语里的元音或辅音弱化的例证也多得很，我国汉族聚居区常常有唐家庄赵家庄的名称，同时也会有唐各庄赵各庄的说法，其实，唐各庄、赵各庄就是唐家庄赵家庄。家读 jia，其声母 j，又常常与 g（i）的音相通。把张家庄读快了读弱了读潦草了，您多试上几次，就会读成张各庄或张介庄了。

关于 j 与 g，我们还可以从一些外来词语的音译上找到例证。

哥伦比亚作家加西亚·马尔克斯里的"加"，也是来自"卡"或"戛"，死一点的译本应译作戛西亚的。

这不光是一个读音发音的问题。能不能正确地理解"丫挺的"，包含着对一些俗话的文化内涵的理解。旧北京以"丫头养的"骂人，当然与该时期人们的道德观念、性观念、性别观念有关，今后，未必能够这样侮辱女人与孩子啦。而现在说"丫挺的"，谩骂的含义越来越淡化，调笑的含义越来越多了。

"妖蛾子"还是"幺鹅子"

大家好好的，一个人突然提出一个问题，或一个建议，或一个驳论……别人觉得莫名其妙，不可理解，不正常、有点无事生非、无中生有、故意为难自己与别人……北京方言形容这种事态，就会说是某个人在"出幺鹅子"。

比如一群孩子商量好了周日郊游，自带食物野餐；到了地方了，一人突然提出改为抓阄，让抓了某种标志的阄的孩子花钱请大家吃西式快餐,这在客观上不是故意捣乱吗？再比如《红楼梦》中赵姨娘的兄弟赵国基死了，像他那种身份的人，丧事如何办理，本来早有定例，但赵姨娘非得让代理"执政"的探春提高丧事规格不可，使力图办事井井有条的探春极其为难。这就是从来行事不尴不尬的赵姨娘出了幺鹅子。

可以这样说，"幺鹅子"的特点是：一、违反、脱离了已经为人们普遍接受了的惯例、成规、正常程序，违反、脱离了绝大多数人对待此类事件的正常思维方式。二、它在大家毫无思想准备的情况下突然提出，带有突然袭击的性质，变成一个意外出现的难题，成为人人都以为可以顺利进行与平滑操作的过程中的拦路虎。三、它提出的方案难以实现，造成他方乃至各方的困难。变成了临时变卦，故意为难，形同捣乱，几如破坏，但又不一定有意起此种消极作用。

网上的"百度百科"则将此语标为"幺蛾子"，并解释为："幺蛾子"……是北京方言……《现代汉语词典》收有"幺蛾子"一词：幺蛾子，方言"鬼点子""馊主意"……疑非。如上所述，幺鹅子不一定有馊主意的含义，馊什么，是说它很糟，低劣、愚蠢、必败的下下策。但"幺"强调的是它的脱离集体，脱离常识，脱离思维习惯。强调的是它的突发性、各色性、古怪性或离奇性，是从量上贬低它的难以被人接受，却不是说它质的低劣如说馊主意那样。

说什么"鬼点子"就更不对，鬼点子云云甚至于是可以用来夸奖一个人的设计与谋略的鬼斧神工，是说一种超人性、超凡性,当然也可能有阴谋诡计的贬义,也与是不是幺鹅子无关。

"百度百科"中也提到了幺蛾子一语出自骨牌用语。甚是,太好了。我知道的是,骨牌中有一个点的,可以称之为幺。将一称为幺,太常用了,一些交通部门、通信部门,为了区分各种数字,特别是区别读音意接近的一与七,明确规定一必须读幺,七必须读拐,无其他含义。认为幺有不正的含义,疑非。

骨牌的幺则又称为幺鹅。幺鹅子,就是幺,就是骨牌里的一点,而且也是后来麻将牌里出现幺鸡的根由。麻将牌里没有幺鹅,却有幺鸡,显示了中国传统牌戏的来龙去脉的传承发展关系。

最近与一些出版工作者打交道,才知道有关方面又将"幺鹅子"统一成"妖蛾子"了。这就更令我惶惑不已。当然,这种方言口语,我们的书写只是记录其音而已,但也要符合我们的文化与言语的出现过程。说一个人释放出妖魅性的蛾子,这实在不像中国人的思路而像欧洲的童话与民间故事。

有一些方言土语,有一些俚语歇后语,都包含着文化含量,通过想当然的注解与标准化,抹煞掉它的全部文化含量,这令人觉得痛心。

"绕世界"还是"饶是介"

较早我是在浩然的《艳阳天》中,读到北京口语:"满世界"

与"绕世界"。含义是指到处、各处、所有的地方如何如何，如说"满世界找他也没有找到"，绕世界的含义大体差不多。

　　当时就有点疑惑：一、世界是个新词，"文"词。中国过去也用这个词，并不普遍，作为佛教用语，世是指时间即代，如世代；界是指空间，如退出"三界外，不在五行中"，另一个含义是指人间。将地球上的所有地方的总和称为世界，则是较新的用法。一般百姓尤其是农民俚语中出现"世界"这个词的频率不可能太高。二、北京人说满 shijie，jie 字一定是读轻声的。而世界这个翻新使用的正规词儿，世与界都要清楚地读出来，就是说都是要重读的。jie 一重读，满不是口语的味儿了。第三，绕世界的绕，应读第四声，而口语中读的是第二声。显然，不是绕，是饶。绕是饶，无疑。饶在这里不是动词饶恕的饶，而是状态与程度副词的饶，如饶有趣味，即很有趣味，趣味大大地有。也可以当形容词用，指富有，如资用益饶，天晴物色饶。资用饶，就是花费多了。物色饶了，就是说天晴看着万物丰富多彩了。饶 shijie 就是说找了很多地方，到了很多地方。那么 shijie 究竟是什么呢？先从 jie 说起，如果是界，天啊，太正规也太严肃太学问了，轻声读出的 jie 字，只是一个语气词。有时写作介，更多时候人们会写作价或家或劲。北京人称颂某些带有惊险意味的事物或体验如杂技表演，或讲到自身躲过一灾，会说"好 jie"，即好劲、好价、好介。北京人用较日常的语气劝阻他人勿做什么事情的时候，爱说"别介""别价"。我当年的小说《小豆儿》中就有"别价"一词。

世则是"是"之误。我们今天的"是"字，除了当系动词用外往往是从是非的是的意义上理解。但是过去很多时候"是"是当做代名词来用的，可以当"这个"讲，如"是人""是时""是物""是日"等，还可以当"所有""举凡"讲，如唐诗"古风无手敌，新语是人知"，更口语化的则是女人埋怨老公："是人就比他强"或者"是人就没见过这样的"。后两个例句不是说自己的老公已经开除人籍，而是说老公太各色，与众不同。中国古代与戏曲有关的文字中，常用"介"字，如南剧、传奇剧中，称动作、表情、状态为介，"笑介""屈身介""俯首介"等，不知是否与当时的动作状态等词后面已经喜用语气词"介"有关。

总之，不是"满世界"，而是"满是价（介）"，不是"绕世界"，而是"饶是价（介）"。或谓，一个记音的词，有什么认真辦扯的必要呢？是的，只有分得清正误，才能增加我们对于自己民族的语言文字的理解。我们的理解已经够差劲的了。连老王之流这种对语言文字并不那么作专门学理研究的人都憋不住话了。能不能不让汉语语言文字毁在我们这一代人手里呢？别介，别价，千万别介呀！

"礼义"与"极权"

从很小时候，就常常听老师讲，也从报纸上看到，中国是一个"礼义之邦"。礼的原意是指社会的等级秩序，尊卑长幼，不可逾越挑战。义的原意是指做人的原则，敬人、利他、讲究道德上的完美与正确，而不是只知道眼皮子底下的蝇头小利。孟夫子反复强调的就是义比利更重要，要懂得义利之辨。再简单一点说，讲礼义，就是讲规矩、讲道理、讲人际关系与小我大我关系的应有准则。

当然，说中国是礼义之邦，与儒家的提倡与主张关系很大。儒家主张的君君臣臣父父子子，就是说当国君的要符合当国君的要求与规范，当臣子的要符合当臣子的要求与规范，当国君的要懂得事事时时按当国君的道理去做人行事，当臣子的要事事时时按当臣子的道理去做人行事。父子、夫妻、师徒、朋友之间也是同样。儒家的逻辑是，大家做人行事都合规范，都没有非礼之争与不义之行，这个社会还能不和谐稳定文明美好吗？

可以说礼义之邦的说法是一种儒家乌托邦：治民先治心，齐民先齐心，治国则先成为举国的表率榜样，然后是各安其心，各安其位，各安其业，自然天下太平，而不会发生逆反、背叛、争戮、犯罪，即不会发生违反礼义的不良人员与不良现象。没有了不良心术与言行，也就没有了不良人员，没有了不良人员，也就没有了不良事态事件。这自然有一点一厢情愿，而且忽略了社会的经济基础与运行体制方面的时时调整，但此说仍然被我历代国人百姓所接受，深入人心，不无道理，我们也不可予以一笔抹杀。

近年来，随着传统文化的日益走红，出现了一个新词："礼仪之邦"。礼仪，更多的应该是讲致敬、行礼的仪式：从招手、握手、鞠躬、请安、屈膝礼、三跪九叩，到升旗、奏乐、鸣枪、鸣礼炮、铺红地毯、检阅三军仪仗队，此外还有献花圈、花篮、悬挂挽联、挽幛、立碑、默哀、祭扫、奏哀乐等对于亡者的礼仪。再往大里说，婚丧嫁娶、写信、上奏、送行、基建、上梁、开工、开业、行船下水、行车远行、生日、宴请、聚会、节庆、剧场演出、政治、外交、宗教与军事事件……各种礼仪，多了去啦。

把中国说成是礼仪之邦，我想不太明白，也找不到出处，更像是"礼义"之笔误。说中国是礼义之邦，这是为了弘扬儒学儒教，是为了发扬光大孔子的学说与教诲。把中国说成礼仪之邦，那就有点可笑，似乎中国人专门讲究外表形式、繁文缛节。其实改革开放以来我们的经验证明，我们的生活方式更多的是随意与方便，有些事倒是欧美人士比我们更讲礼仪，例如着装、女士优先、进剧场、在公共场合说话低声、打电话、接电话、叫服务员，或向有关办事人员提问的用语与腔调等。也有些事，我们的讲究更多一些，如雨天下属或子女给老板或父母打伞、搀扶老人等。对此看法不尽相同。

无论如何，在我们这里并没有把礼仪树立为立国安邦的基础。英语把礼仪之邦译作 state of ceremony，意即典礼之国，实在可笑。

还有一个词，极权，此词来自外国，是指极端的权力，即绝对的权力，没有民主、法制、制约、平衡，只有权力决定一切人的生死存亡荣辱，这当然是指法西斯式的独裁，这是一个贬义词。有些西方国家用这个词时包含了冷战思维与意识形态的排他性，那是另外的讨论，与语词本身的含义无关。

问题在于，目前我国，很多地方，人们错用了集权二字，实际上说的是极权。极权是极端的绝对的没有任何约束与制衡的专制；而集权，是指集中的管理的权力与体制。集权的反义词是分权、地方自治、区域或部门权限扩大等。极权的反义词则是民主、制约、监督、法制、法治。

可见，集权，是一个行政管理的概念，集权分权，是可以随时调整的，集权并不是一个贬义词。即使是最最标榜民主的国家，遇到战争或者灾害，都会适当地集中权力进行管理指挥。而极权，则与现代化的民主、监督、法制观念针锋相对，不为人取。

极权乎，集权乎，可是不敢大意呀！

文墨家常

温温恭人，如集于木

对"集"字的解释，《说文》上说是"群鸟在木上也"，就是许多鸟儿栖息在树枝上，它们温良恭俭让，文文明明，客客气气，互敬互怜。

想想，挺好玩，鸟儿，有展翅高飞的时候，有成群结队的时候，有放单的时候，也有"温温恭人，如集于木"的场面。

至于底下的诗句"惴惴小心、如临于谷。战战兢兢，如履薄冰"，就更不是鸟儿的常态了，鸟儿可以在山谷里也可以在冰面或者水面上飞翔，有什么惴惴小心、战战兢兢的必要呢？

好的，这里说的不是鸟，而是人。以"集"的状态告诉人们，集合、集聚在一起，要小心相处，避免发生冲突争拗。这表现了一种尚文的精神，斯文的风度，好礼的追求，道德的自律。

而网上竟有人将头两句诗释为"囚犯被锁在一大堆木头中间"。

这说明，大家文明地客气地和谐共处，是理想之美，是礼义之梦,锁与被锁的乖戾的可能性与现实性,恐怕也不能不正视。

读书读书，读了书，还是希望大家更文明些，同枝而栖，多一点温温恭人，少一点有我无你，有我无你太多了，最后往往是同归于尽。

当然,还有另一面:物竞天择,优胜劣汰。所以还要努力发展,免得落后紧了挨打。一味"温良恭俭让"，弄不好彼邦彼人对你会是见了尿人搂不住火。一味斗斗斗，则逐渐从悲剧变成了喜剧、闹剧、恶搞。仅仅有温良恭俭让是不够的,全无温良恭俭让，怕也是野蛮，也不行。

诗到无邪合打油

近日来在报纸上看到记者用"打油诗"作为罪名抨击诗人的，深感不解。

杨宪益、黄苗子、邵燕祥就出版了打油诗的合集，评论曰："诗到无邪合打油。"

例如杨先生的诗："周郎霸业已成灰，沈老萧翁去不回……好汉最长窝里斗，老夫怕吃眼前亏。"

油里有血有泪。好的，打油的诗也比死诗呆诗蠢诗好，俚语曰，宁疯勿傻。(原语粗鄙，我为之去了村。)聂绀弩的诗也有打油的，写淘粪："君自舀来仆自挑，燕昭台畔雨潇潇。高低深浅两双手，香臭稠稀一把瓢。"

而聂老最刺激的诗句是："文章信口雌黄易，思想锥心坦白难。"

个中酸甜苦辣，全在一心。雅人化粪为雅，俗人化雅为粪。油人化悲为油，悲人闻油而悲从中来。

叶嘉莹先生说，学中华传统诗词，好比学一种新的语言，你要学，你要背诵，才能掌握。

我的说法是，中华诗词，是一棵文化大树，你的诗语作品只有在语言上、逻辑上、风味上与此树匹配才能成为树上一叶一花。有些背诵不下几首中华诗词的人，硬要作诗，狗屁不通，实在是坑人害己。不如写快板或者"三句半"。

背诵得太多了，也要命。你写得古色古香，陈词滥调，平仄、对偶、音韵，什么都有，只是没有灵魂，没有你自己。

恰恰在聂绀弩的诗中，在杨、黄、邵的打油诗中，让人看到了希望，有古雅，有生活，有真情，有时代感，同时接了时令的地气。

剃头能不能用锥子

北京人爱说"歇后语"。小时候有人教给我"电线杆子上绑鸡毛——好大个掸（胆）子""一张纸画个鼻子——好大的脸"，当时觉得是故意夸大，没啥意思。

后来在政治运动中没顶后，听到两个对我来说很新鲜的歇后语："杀猪捅屁股——各有各的门道。""剃头使锥子——一个师傅一个传授。"妙不可言。后来再听到"树林大了什么鸟都有"的俚语，觉得可不是嘛！自己算是成熟了一步。

意想不到的是一位老教授在回答外国人提问"为什么中国曾经有那么多政治运动"的时候，此位老哥说道："阴天打孩子——闲着也是闲着嘛。"

这个回答超出了我的理解力，估计洋人更是听不懂。反映了老哥不怎么关心政治，对政治不上心，不理解，不掺和，不评论，近似说"无可奉告"，又还有一点淡淡的批评，甚至还有一点大事化小、小事化了的幽默与无奈。他回答问题的方法，让我觉得他别有神功，奇门遁甲，要不就是瞎猫碰上了死耗子。

一九九六年我访德时在一位汉学家家里看到一本二十世纪二十年代出版的德国学者著作的中译本，里头提到了北京的歇后语，有"面茶锅里煮皮球——说你混蛋你还有气""面茶锅里煮电灯——说你混蛋你还有火"。也是此书里发现，当时的北京绕口令里就有"吃葡萄就吐葡萄皮，不吃葡萄就不吐葡萄皮"，合乎逻辑。是侯宝林师傅把它反过来说，荒诞化成"吃葡萄不吐葡萄皮，不吃葡萄倒吐葡萄皮了"。侯宝林师傅同样有两下子，那么超前就有了使锥子理发的荒诞意识啦!

美在简约,美在单纯

小时候学会了唱《卿云歌》,它是《尚书·大传·虞夏传·卿云歌》的头四句:"卿云烂兮,糺缦缦兮,日月光华,旦复旦兮。"

七十多年过去了,越上年纪,越为这十六个字而叹服倾倒,热泪盈眶。"卿云烂兮",这是说天空的云彩。仰望长空,心旷神怡,云霞灿烂,瑞气万方,昭昭天象,清平世界,敬畏感恩,颂而祷之,四个字什么都有了。

"糺缦缦兮",有了一种动态,云霞纡缓、回旋、延长,从容不迫,动态中包含了无奈、沮丧与漫灭的忧伤,包含了对于虞舜禅禹的欢呼与对于舜的退休的依依不舍,内涵丰富。

"日月光华",是此歌的重点,不但白天有日,夜晚有月,而且,天朗气清,光华澄澈,明亮通透,驱散阴郁雾霾恐惧困惑。这里最美的字是"华","日月光华",四个字道尽了神州大地人子的幸福感满足感光明感颂扬感。

"华"字是中华汉字中最美丽的一个字,中华、光华、年华、华年、风华、岁华、精华、物华、华彩、华美、华章、华辞、华赡、华诞、华灯、华丽、华姿……都是那么美好酣畅。而少数"华靡""华而不实"的贬义说法,也提醒着物极必反的深刻道理。

"旦复旦兮"则包含着自勉、自强不息、自我驱动、一天一天,"所有的日子都来吧","逝者如斯夫,不舍昼夜"的含义。

非常原始,非常单纯,非常善良,非常快乐。那时候国人还没有学坏,那时天下为公,唐尧将天下禅让给虞舜,虞舜将天下禅让给夏禹。那时候没有那么多的权力斗争地盘斗争宫廷斗争阴谋诡计血腥厮杀。那时候人们没有学会说那么多的话,没有那么多的巧言令色忽悠牛皮。那时候正是"天何言哉?四时行焉,百物生焉,天何言哉"的世道,四时行万物生的前提,正是"日月光华"的"旦复旦兮"啊。

简化字盖有年矣

迷迷糊糊地嘲笑简体字的朋友,不知道知不知道下列的事实:

一是汉字写法有一个发展过程,叫作甲骨文→金文→小篆→隶书→楷书→行书(商)(周)(秦)(汉)(魏晋)→草书,以上的"甲金篆隶草楷行"七种字体称为"汉字七体"。但这种说法也有商量,因为有一说认为是草书在前,隶书与草书作为参照,催生了现今仍然使用着的楷书。

二是早在太平天国时期就开始赋予民间简体字以合法地位。民国时期,胡适、钱玄同等屡屡提出简化汉字的思路与方案,得到该时期教育部采纳，民国的汉字简化工作动作频频，态度积极，是简化汉字的始作俑者。

三是自古以来既有官方的文字改革实行，更有民间的自动自发简写现象。在我小时候，早已经通行以叶代葉、以干代幹、以台代臺、以元代圓（货币单位）了。还有一些商人喜欢用的、医生喜欢用的具有行业特色的简体字等。至于解放区更有各种简体字，包括左君右中组成一个"君中"字作"群众"二字用。

四是新中国的汉字简化搞得有板有眼，有根有据，包括民间已有的简化成果并没有一律采用。说明简化工作还是非常慎重的。第四批简化字发布后不久也废除了。

此外简化方案吸收了古代的某些异体字，草书提供的简化路径，日语中汉字的简化书写等等，学问大了，可不是什么山寨版汉字。

至于说爱字一简化就无心了云云，作为段子或可一粲。文字是语言的符号，语言是世界的符号，符号有符号的规则、符号的世界，中国汉字的结构性逻辑性已经无与伦比，不需要再较劲了。

简化汉字的目的是为了扫盲，为了让更多的人识字，功莫大焉。

这是在"幹"什么?

谁知道风是怎么刮起来的,出现了回归繁体字的小潮流,偏偏又回得错讹百出。比如出的书叫什么大"係",乌兹别克斯坦的首都塔什干,偏要写成塔什"幹"。我还在一家食品店看到过"風幹牛肉"的软包装牛肉,吓了一跳。风怎么把牛肉给干了或幹了的呢?还有一个山区景点,赫然写着"神仙穀"三个字。是神仙吃的穀粮——干饭还是稀粥?

这里先要说,有一类半简体半原字是把早先的几个字合并成一个。例如"干",这不是新创或新确认的简体字,而是天干(甲乙丙丁……)地支(子丑寅卯……)中的原字。塔什干,译名压根儿用的就是天干地支中的干字,现在莫名其妙地幹了起来,不通已极!

老年间还有一个当作干燥讲的"乾"字,决定简并成"干"字了,"乾燥"现作"干燥"。但"乾"字同时还有另外的读音与含义:就是与"坤"字连用时读 qián,作为代表天与男性的一种卦象讲,例如乾坤,就是天地或男女。这个 qián,一直坚持不变。一些稀里糊涂的朋友,把"干"字一律还原成"幹"字,天干变天幹,风乾变风幹,干幹乾一起幹,这样"幹"下去可怎么得了?

从前,"係"当"是"讲,像广东口音;"系"则主要当"系统""系列"讲，再加一个"繫"，也是三字合一成为"系"。而哲学系、中文系、文学大系、图书大系，作为原字，不存在简化与恢复繁体的问题。变成係，不是胡闹吗？穀简化成谷，对于穀来说，谷是简化字，但山谷、太谷县，原字用的就是谷，它们是不能穀起来的。

总之，您要是喜欢用繁体字，起码得学学繁体字。不然，繁出奇葩来，读者脸红。

极 致

文无第一，武无第二。中国人的这类大俗话相当高明。文无第一是由于文章、文学作品缺少可比性，李白第一还是杜甫第一；托尔斯泰第一还是巴尔扎克第一，只有傻子才去企图弄出个说法来。武无第二，更是大实话，过去争武状元，是要互相搏斗的，弄个第二，弄不好会死在第一名刀下，你还二它个什么劲儿呢？

但是从我个人来说，我常常在阅读中产生极致感，到顶感，匍匐感。

比如李商隐的《锦瑟》，"沧海月明珠有泪，蓝田日暖玉生烟"句，阔大空明，于无情处恁多情，于珠泪中生暖烟，于日月中感亲近，于寂寞中得绝美，于形而下中触终极。对于我来说，这是语言的极致,文学的极致,世界与内心的极致,这是诗人的创造,这更是诗人的神性。也许,它是诗人的祷告?

崔颢的"昔人已乘黄鹤去,此地空余黄鹤楼。黄鹤一去不复返,白云千载空悠悠。晴川历历汉阳树,芳草萋萋鹦鹉洲。日暮乡关何处是?烟波江上使人愁"当然非常有名。我独欣赏其颈联,晴川历历,俯视清晰切近,长江黄河,就是这样,雕刻在唐代诗人的心上,好心疼啊。汉阳之树,大地上的植被,大地上的晴川阁、汉阳树,永远矗立在生长在我们的心里。芳草萋萋,醉其芳香,怜其茂密,鹦鹉的鲜艳灵动,沙洲的形状与流水的波纹,打动了每个读者的心。

过去读俄罗斯小说,常常感觉到他们对俄罗斯大地的倾心与忧思。我有时候叹息我们的文学作品似乎还可以有更多一点中华大地、神州胜景的刻骨铭心的描绘。我说的是,"晴川历历,芳草萋萋"这八个字,使我刻骨铭心,使我热泪长流。

喜欢的说法

我有一些特别受感动的说法,例如"无恙。"

《史记·范雎蔡泽列传》中,须贾见到在魏国饱受冤屈凌辱迫害、现在又佯作落魄的范雎时,惊道:"范叔固无恙乎!"后来还忘却前嫌,同情他"饥寒交迫",送他一件绨绸面的长袍,即京剧《赠绨袍》故事。其中对于范雎隐忍、细密、阴狠的性格描写令人难忘，但我最最不能忘的是"范叔固无恙乎"这六个字，我始终认为这六个字是全部故事、整出戏的灵魂。未动声色，贵在平常，敌敌友友，恩怨情仇，谋略机关与血腥争斗中忽出现平常心日常语，一字千金，一字百好。

《三国演义》中，赤壁之战曹操大败，在华容道口见到关羽，他也是只靠一句"将军别来无恙乎"，构成了千古流传的佳话故事。这句话是很难翻译的。如果曹操见到关公问一句："Are you ok so far?"估计关羽手起刀落，取了曹操首级，或者将曹缚将起来交给诸葛丞相发落了。

还有一句话叫作"仰天长叹"，冯梦龙的《东周列国志》中常常写到政治斗争中的失败者，如何如何仰天长叹，四个字形神兼备，令读者也长叹。但是我要说一句，我此生虽然道路并不平坦，还真没有仰天长叹过。我缺少仰天长叹的气质，倒是有到哪儿说哪儿的不以为意与骑驴看唱本——走着瞧的兴头。

出自民间谚语的"涓滴之恩，涌泉相报"八个字，足以让我哭出声音来。我的体会是人需要有逆境的经验，正是在逆境中，锤炼自己的意志，反省自己的弱点，同时，恰是在逆境中，发现自己的无怨无悔的坚持，不妨考验一下的选择与明智，一生真伪总得知。而且恰恰是在逆境中，不要忘记师友人民的帮助关心开导恩惠。感恩的感觉是多么甘美、高尚而且强大！

另一种话的奇葩

读者们不知听过这样一个广告没有,是宣扬一个突飞猛进的先进地区的,说那里是如何文明,一上来先讲:

文明是心中的积淀,是心里的梦想,是心头的蓝图……(大意如此)

受众听了几句就晕菜了。不是博士前硕士后您还真绕在那里了。

我读过香港城市大学教授郑培凯先生的一篇文章,提到一家电视台组织的选美活动的广告词:"美丽是一种责任",他吓了一跳。其实这个话我觉得是对的,在全面小康的时代,大家注意一下仪表,注意一下形象,为社会增加一点讲美求美维护真善美的氛围,不妨说也是责任。但总是突兀了一点儿。说讲究化妆美容衣着形象的朋友,原来是从尽职尽责出发的?恐怕不无牵强。

郑先生的文章中还提到他的一位台湾诗人朋友,说是不再想写现代诗了,因为发现,许多商业广告词,比某些现代诗还更现代派。

据说被评为最佳广告文字的是一家美容院的广告:"请不要与从本院出门的女性调情,因为她可能就是你的外祖母。"广告词有些俏皮和想象力,夸张得不可信,未必能收到招揽顾客的商业效果。过犹不及，巧言令色，鲜矣仁，这起码是中华文化的传统，不该忘记。

改革开放，我们学到了好多新词，但也有些东西实在不怎么样，明星叫成天王、影帝、影后，幽默叫作段子，喜剧叫作搞笑，作品还有什么泪点、卖点、笑点，不但有作秀而且有秀悲情、秀深沉、秀高雅、秀善良，还有什么夸张致死、娱乐到死、消费痛苦、消费民粹。这样下去只能仰天长叹喽。

掂量一下这个"霸"字

早就知道"霸"是个不好的字眼。孔孟圣人提倡文化立国的王道，指责仗势欺人的霸道。人民革命中，地主恶霸，说的是黄世仁。至于迫害吴琼花（样板化以后更名吴清华）的恶霸干脆名"南霸天"，搞土改的时候，我们党在农村常常要搞"减租反霸"。北京一解放就枪毙了天桥一带的恶霸。外交斗争中我们一直打着反对霸权主义的大旗。毛主席晚年也反复宣示了"不称霸"的国策。称王称霸，压根儿就是人民公敌的另一种叫法。

这两年"霸"字突然变香了，似乎是。功课好的孩子叫作"学霸"，戏唱得好的叫"戏霸"，甚至用"霸"字称颂我们的国我们的军的文字也出现在媒体上了。写作同行人员中倒还没有啥人敢称"文霸"，文人们虽多狂狷，但是他们对"霸"字的负面含义体会得深,他们摆脱不了闻霸而怒而恶心至少是而怕的条件反射。

我于是查《辞源》,发现古代"霸"确有正面即超胜于人的含义,而且正是刘勰有"文采必霸"之说。"霸"的另一含义是指诸侯之长。但在组词中,"霸道"是王道的对立面,并作行事蛮横解,出处是《红楼梦》。

我又查了《辞海》,"霸"字释为势力最强、居于首领地位的诸侯,释为依仗权势横行的人或势力,还有强横占据。

从两种权威的辞书中可以看出,时代的演化使霸字恶名化,霸字的恶名化应该与社会革命、阶级斗争的思潮有关。

我还想补充,如果说现在的世界格局中应该强调竞争中取胜,不能一味地亲爱温柔,也还可以强而不霸,真正有文化自信的强是不会多么霸的。至于学功课考试唱歌跳舞科研,更不必霸。

李白与李贺的狂狷

李白《嘲鲁儒》诗云:"鲁叟谈五经,白发死章句。问以经济策,茫如坠烟雾……"李贺的《南园十三首》中有一首曰:"寻章摘句老雕虫,晓月当帘挂玉弓。不见年年辽海上,文章何处哭秋风?"

看来,唐朝的知识分子思想还是比较解放的。早在汉代董仲舒已经提出了独尊儒术主张而且被汉武帝采纳,李白、李贺仍是发出了狂狷之音。李白直接点出鲁叟来，只差点孔子的名。李贺的牛气不善，他自诩"汉剑"，写什么"自言汉剑当飞去"，最终却是"天荒地老无人识"。

这二位李诗人预警了某些读书人死抠章句、脱离实际、胸无良策、雕虫至死的可憎学风与可悲命运。反过来说，像王守仁、曾国藩那样，书气丰盈，地气坚实，立德立言立功，都有两下子的人士，也就受到历史的注意。

中华传统文化曾经得天独厚，地域独秀，打遍周遭无敌手。北方游牧民族的强大骑兵，即使战胜了中央政权，入主中原，也只能接受中原文化的教化，被融合同化。

优越性也带来了危险。汉字信息量大，形声义逻辑比照俱全，不停地抠哧一个个字，一个个词，一句句话，就能耗费你的极大精神、力量、时间。最后见树木而不见森林，是常有的。长期不接受认真的挑战，没有也不需要有认真的突破变革发展，再好的文化也会出现老套子、口头禅、僵化、酱缸化，乃至言行不一、空话废话连篇的现象。

识字与误读？

世上有各式各样的误读误解。比如说，一位著名的友好的国外汉学家曾经将毛泽东诗词中的"不到长城非好汉"译成："不到长城，就不是真正的爱中国（爱汉朝或汉族）啦。"

再如很多字的读法，"仁者乐山，智者乐水"中的"乐"，是应该读成要(yào)的，一叶扁舟中"扁"，是应该读成偏(piān)的，还有《楚辞·渔父》题名中的"父"，是应该读为斧（fǔ）的，但我很长时间读错了，我没有受过正规的高等教育，认字露怯的情状，屡有暴露，太惭愧了。

然后什么把"滇(diān)"读成"填"啦，把"笔耕不辍(chuò)"读成"不缀"啦，把"莘（shēn）莘学子"读成"辛辛学子"啦之类的事屡见不鲜。还有把"丰功伟绩"说成"罄竹难书"的。而罄竹难书本来是指罪恶的。

怎么办呢？例如乐山与乐水的"乐"，其含义似与读音无关，读成"yào"也许反而听着费解。再说，荨麻疹的"荨"字，现在的解释是多音字，读qián、xún、tán。用于植物名"荨麻"时读qián，用于病名"荨麻疹"时读xún，作为南方方言时义同"寻"。"荨麻"与"荨麻疹"在以前所有字典都是显示读qián，我的妈呀，我只能承认自己是文盲了。

有一阵我因为学会了读荨作qián而沾沾自喜，可后来说是有关部门正式明确干脆读xún了，我糊涂了一阵子，再后来读到网上的全面解说，只觉得无地自容。

还有一个漫字，颇费口舌，据说"雄关漫道真如铁"的原义是莫道雄关如铁，正如"漫言不肖皆荣出"的含义是，不要说是荣国府出了不肖后代——漫者莫也,当年赵朴初为此还写过文章。但"雄关漫道"作雄奇的关隘、漫长的道路讲也很自然,合情合理,估计也就如此这般地"漫长"下去了。约定俗成,文字言语,也有走着瞧、好商量、直到将错就错的一面。

花落知多少?

此生我学的第一首古诗是:"春眠不觉晓,处处闻啼鸟,夜来风雨声,花落知多少?"

八十年前背诵的这首诗,至今仍然令我入迷。"春眠不觉晓,处处闻啼鸟",有一种说快板的浅俗与平易,首先是春天睡懒觉,醒不了,这不像志士,不像有出息的优秀青年,不像加班加点的劳模,也不是花天酒地的少爷,不是沉湎于情色的狗男女,而是不折不扣的大俗人。处处听见鸟叫,在当时似乎不足为奇,一面不醒不觉晓,一面听鸟叫,不会是爱鸟环保主义,不像是养鸟遛鸟的闲适,而应该是被鸟吵了觉的抱怨。居然还能想起半夜有风雨,风雨有声闹腾,不像是雨打芭蕉的节奏感,更不像是寒蝉凄切的秋雨淋零——我说的是柳永的词《雨霖铃》。

关键在于花落知多少的提问,俗人俗思,那么大雨,花掉了多少?俗人缺乏高大上的境界,仍然不乏善良,一宿无话,没有什么要紧事,便为春雨打落花瓣操心。美丽,春光,鲜艳,明媚，都是揪心的，美丽也会有自己的弱点，有自己的短暂与克星，春季花朵最美，花朵最弱也最短暂，最美的春光也最令人担忧，最美的花儿朵朵也最容易变成落红满地……而且，孟浩然此诗到此为止，不必再一味悲伤下去，一味悲伤下去就变成了林黛玉，林黛玉的《葬花词》极感人，诗语反而写得太单调乃至太过分。孟浩然只是问一下而已：花落知多少？开了也就开了，落了也就落了，俗人还能说什么呢？用更时髦的词来说，孟诗有一种俗俗的淡定在焉，孟诗有俗中的大雅存焉。

老词儿

有时候看谍战片，觉得革命的地下尖兵每分钟都在不打自招，投降自首。因为他们说的话只流行在解放区和解放后。而有些个历史片，让人觉得是穿越片，是中华人民共和国派人去了明朝或者更早先。

比如说领导，民国时期只可能说长官、上峰、局座，封建王朝时期只能说是老爷、大人……绝对不能叫领导。对官方机构也绝对不会叫组织。

比如说意见、提意见、批评、自我批评、方针、路线、汇报、指示也都是解放区的词，是根据地民主生活建设的表现，此前，人们只会说高见、计策、所见、所料、陈词、训示、训令、旨意、禀报、禀告、报告……反正是另一套词语系列。

过去，工作绝对不叫工作，叫当差、叫差事、叫事由（不是理由之意）、叫谋生、叫做事，反正从不叫工作，求职叫作找事，现在，找事主要是没事找事寻衅重整的意思。

再比如一些称呼，我上学时，教师小学叫老师，中学叫先生，大学叫教授，不够教授的也叫先生。邮递员叫邮差，服务员叫听差、跑堂的，女服务员叫女招待（有微黄含义）、女仆，年轻男听差叫小厮。环卫工人叫清道夫，学校传达室工人叫管役，拉车的叫车夫，搬运工叫脚夫或扛大个儿的，挑水工叫水夫，淘粪工叫粪夫，老板当面称呼多叫掌柜的。

我费尽了力气想不出旧社会管组织叫什么，但看谍战片，一说到组织我就觉得是地下党员正在有意暴露自己。旧社会会说到官面、世面、江湖、知遇、恩相，不等于组织也不会说组织，干脆没有组织观念。这不是一个新词儿旧词儿问题。终于明白了，旧中国的组织观念等于零，是共产党带来了组织观念，是列宁说无产阶级除了组织没有别的武器，是共产党建设了新中国才把多少亿人组织起来的。

陌生的珍重

有些个口语，过于流行，过于普及，成了俗话、套话、俚语，让人忘记了它的出处、结构的本意与风趣。比如北京人三四十年前、改革开放才启动,说一件事办不成,喜欢用的一个词是:"没戏!"说起这两个字,有点油滑,有点嘲弄,有点轻飘,我从来没有注意过它。

但是陈西滢长女陈小滢女士告诉我,她的丈夫已故汉学家秦乃瑞对这个词极度赞美。秦教授的说法是:"'no theater'('没戏'直译),北京人说话是多么有文化啊。"一句"no theater",陌生化了,连我都如第一次听到,服了,我的亲爱的京油子哥们儿!

我还与英美的朋友聊起过喀什噶尔的维吾尔人说话习惯,他们不喜欢直不愣登,常拐着弯通言语。例如有人在餐馆酒肆吃喝完毕,兴奋中没结账就走出去了,老板追了出来,绝对不会大呼小叫:"交钱啊!"他会笑眯眯地说:"尊贵的宾客啊,我还没有找您零钱呢!"当然,有这句话就都笑了,就都快活了,结账顺利完成了。

英美朋友对喀什噶尔人的绅士风度赞不绝口,喀什噶尔不愧是历史名城。但是喀什噶尔同胞,他们的说法直译是:"这里的人嘴太'臭'(维吾尔语:sisik)。"也许用汉语说应该译成太"酸",就是说不直截了当地说话,反被认为不那么和善与厚道。绅士风度大发了,百姓会觉得讨嫌与可疑。"酸"在维吾尔语里与"辣"又是同一词——"aqik"。亲爱的,绝妙的中华文化与人类命运共同体啊,我爱你们!

还有一点:"没戏"一词随着改革开放深入,不大说了,谁知道咋回事呢?

嗝儿屁俚语系列

当年读满族民俗专家金受申先生《北京话词典》,说是北京语言中对于死亡的说法有几十种。联想一下,还真不少。包括死了、去了、没了、踹了、蹬了、嗝儿了、老了、走了、听蛐蛐儿叫去了、听蝲蝲蛄叫去了、吹灯拔蜡了、伸腿瞪眼了、闭眼了、升天了、驾鹤西去了、仙逝、寿终正寝、辞世、去世、逝世、离世、告别、驾崩种种。而最不正经的说法是"嗝儿屁、嗝儿屁着凉、嗝儿屁朝梁、嗝儿屁着凉大海棠"系列。有的地方具体解释为,人临死会打冷嗝儿,放热屁,浑身凉,仰面朝向房梁等等。

二〇一九年忽闻新说,令俺甚感兴奋:"嗝儿屁"其实来自德语。有的说是 krepie,上一个庚子年,八国联军带到北京来的词。讨教懂德语的朋友,得到首肯。网上更有说原文是"嗝儿屁人"——krepieren 的,朋友说不对,ren 这里是复数词尾。

北京人喜欢学新词,不仅嗝儿屁,而且说一个人做工生手儿,叫作"力把",也是从英语 labour(劳动)吸收进来的。至于来自 look look，我八十多年前就听老师说了。

北京话受我国北方少数民族语言的影响也非常多。旮旯是满语，胡同是鲜卑（锡伯）语，萨其马是蒙古语，臬贴（niyat——心意）是回族吸取输入的阿拉伯语。尤其口音，当年利玛窦编著《北京话词典》的音标拼音，表明当时北京话属于吴语，或谓属于安徽中原官话，后来受兄弟民族蒙古族特别是满族影响，才发生了很大的变化。

一个小孩儿写大字

童谣难忘，至今我记得童年的歌谣："秋风凉，天气变，一根针，一条线，累得妈妈一身汗……"说的是母亲为孩子缝制冬衣的情景。

"小小子儿，坐门墩儿，哭哭啼啼要媳妇儿，要媳妇干吗，做鞋做袜，点上灯说话儿，吹了灯就伴儿。"说实话，远在童年，这个童谣仍然叫我觉得舒服。

"高级点心高级糖,高级老头上茅房……"产生在灾荒年代。

还有一个童谣，在五十多年前大行其道："一个小孩儿写大字，写，写，写不了；了，了，了不起；起，起，起不来；来，来，来上学；学，学，学文化；画，画，画图画。图，图，图书馆；管，管，管不着；着，着，着大火；火，火，火车头，打你一个大奔儿头！"有点接龙的意思，语言文字组合，有点音声主义、结构主义、形式主义直到虚无主义。语言文字本来只是符号，但是汉语言的声音与形象，结构组成形成了一个自己的世界，它们的发音搭配能引起口齿唇舌的运动与快感、模仿与注意、兴奋与嬉笑、逞能与挑逗，会使孩子们感到熟悉亲切、好玩好笑。

人长大了以后也是一样。语言反映生活世界，但同时语言的韵母、声母、整齐、对偶、重叠、平仄、同义、近义、反义、多义、偏旁、对比、形状……也是一个小世界，它吸引着人的注意，都具有表意、修饰、点缀、深沉、戏弄、煽情、炫智、巧妙、朴实的意义。

读文学作品，语言提供的最初印象，就像情人的一瞥，歌吟的一闻，舞蹈的一个定格，戏剧的一声呼喊，决定了它他她在你心目中的地位和运命。

百年一梦最狂欢

有点像吓唬人，二〇二三年五月再访叶尔羌河岸的麦盖提县，当地的乡亲问起我与这个刀郎木卡姆的渊源之地的缘分，我说一九六五年即五十八年前来过。听者马上多看了我一眼。

九月三日至六日，刚刚到敦煌地区参加国际文化博览会，谈起第一次去敦煌，则是三十六年前，即一九八七年。

攒了那么多"逝者如斯夫，不舍昼夜"，那么多"天若有情天亦老"，那么多恩非怨、沧即桑、童、少、青、壮、老得忙，有对比，有追忆，怀想多了有点慌，挫折、奋斗、一次次，喜乐光明浑欲狂，柳暗花明叮叮当，山重水复美景长，逢凶终归要化吉，遇难也都是呈祥……

还到了那么多地方。亚非拉，东西欧，南北美，饶是价（不能写成"绕世界"）走。

人生当然也有另一面，我不忘马识途老哥书写的左宗棠对子："能耐天磨真好汉，不遭人妒是庸才"……一笑低头若含羞，人生总要拼几秋。有时饮苦酒，多时濯甘泉，攀天入地欣万象，弄墨抡橡乐千般！

很有趣，很热闹，很充实，作者老而多梦，老而益梦，做起梦来满当当，钢钢儿的。

百年一梦混不吝，四海一家大联欢！王蒙要抡一回！

少年得志老来狂，一个筋斗也凄怆，
写了神州写世界，东西南北乒乒乓！
青春形变百十年，做场好梦全无边，
罗姆酒香（海）明威醉，霍夫（堡）舞热中华年！
写上一出又一出，吭哧吭哧绝不输，
淋漓尽致方无憾，犹留后手笑和哭！

按：上面的诗中"形变"是说《活动变人形》，我的小说题材追溯到差不多百年前的。我的七十年《文稿》（即出）其实包含了七十九年前诗作。

罗姆酒是古巴产的著名甘蔗酒，海明威爱喝。写《季老六》之梦时，作者网购罗姆，品尝得趣，不贵。希望此作写出对切·格瓦拉、海明威的思念来。

霍夫堡是维也纳宫殿，那里每年举行中国年——春节舞会。我荣幸获邀，人没有去，心与梦在场。

"留后手"是说二〇二三年三月完稿《季老六之恋》后，八月又完成一个中篇,不敢拿出来,以免再次出现当年《蝴蝶》拼《布礼》得罪恩师,而去年的《霞满天》傻拼《从前的初恋》的情状,王蒙脑残而自卷自拼乎?

> 自我比拼亦多姿,涉嫌轻浮恨费词,
> 本应做范(儿)悄无语,才是俨然望重时。
> 小说小说非盛言,适可而止自翩翩。
> 老王写写心如沸,敢信纯青炉火妍?
> 青春且万岁,纯青仍待纯,
> 哐哐哚噔哚,一曲笑煞人!
> 狂想(曲)李斯特,克罗地亚新,
> 中华多豪兴,一梦百年深!
> 一梦百年久,高歌万里长,
> 小说逐胜境,何不拼几场?

按:李斯特有著名的《匈牙利狂想曲》。《克罗地亚狂想曲》则是二十一世纪托赛·胡基科新作,以现代派音乐,表现当代克罗地亚悲剧。

生活与时间不欺骗你

不知道是命苦还是幸运，我的两部较有影响的长篇小说，都是命途多蹇，难产几十年。第一部是《青春万岁》，动笔于一九五三年，定稿于一九五六年，初版于一九七九年。它在胎中冷冻了近四分之一个世纪。一九五七年排好了清样封存起来，原因是政治运动中作者晃晃荡荡，终于落水。一九六二年再次被否定，理由是书中没有写知识分子与工农结合。

第二部是《这边风景》，动笔于一九七三年，定稿于一九七八年，最后出版于二〇一三年，难产达四十年。原因是书里突出了阶级斗争、个人迷信、反修等"文革"命题。

前一部，不够革命；后一部，革得太大发了。噫吁嚱，危乎高哉！

然而，两部作品都没有"有疾而终"。《青春万岁》自一九七九年至今，一直不停地重印，六十多年前的迟到作品，仍然活得好好的，仍然获得如今青年人的阅读与青睐，而不仅是研究人员中的历史性重视。似乎是找不到如此幸运的上世纪五十年代作品了。

《这边风景》，经过了那么长的丢弃，偶然发现，突然发亮，不但有不俗的发行，而且被评为二〇一三年的中国好书、获二〇一四年"五个一工程"奖、二〇一五年茅盾文学奖。

时间是严酷的也是多情的。写《青》时王蒙十九岁，写《这》时王蒙三十九岁，现在王蒙已经八十一岁，鼓励王蒙写《这》的妻子已经离世，但两部书反而欢蹦乱跳起来。能够经得住时间的冲刷与考验，这是大幸。它恰恰吻合于我当初冒冒失失动起笔来的初衷，我太爱生活了，我希望挽留我的生命经验与体会，挽留那个热火朝天的时代，我想为那难忘的美丽而又短促的一切宝贵与天真、坚决与热烈的日子编织锦绣，开始是用青春的金线与幸福的璎珞，后来是用塞外的风沙与别样的风景。

政治标签是重要的，政治的魅力在于它的明快的概括性与行动性。政治对于生活的把握表现为对各种社会现象的命名、命题。例如对于坏人，古代可能命名为乱臣贼子忤逆，好莱坞喜欢命名为人渣变态，另一种背景下被命名为魔鬼、妖孽附体，我们则会称之为地主汉奸与叛徒间谍。

在一个高度政治化的年代，一部小说的命名与命题，如果不合时宜，会造成敏感与混乱，会导致悲剧性的灾难。但命名与命题又包含着爱憎情仇拼搏打斗，命名命题或真或伪，命运却是完全真实。在文学作品当中，自有它的资源价值。同时文学绝对不仅仅是某种命名与命题的举例与图解。文学是，必须是：充满生机、爱情、人性，充满艺术的感受、想象、迷醉，充满精神能力的飞舞与激扬，并且它需要构成的是充满语言符号千姿百态的活体。

尤其是长篇小说，它不能没有生气贯注的人间烟火，不能没有动人心魄的悲欢离合，不能没有作者的神思妙想，不能没有雕刻般的凸凹实感，不能没有悲天悯人的慈悲或者愤世嫉俗的火焰，不能没有写作的投入与献身，深情与痴诚，哪怕在一时不无矫情的命名与命题标签下面。富有体量的长篇小说，可以帮助你在不得不迁就于命名命题的清规戒律的同时，展开翅膀，展开胸襟，展现广阔，展现深邃，展现某种命名命题的光影下的伟大世界。

所以说，真正的文学有免疫力、生命力、消化力、置之死地而后生的能力。

免疫，是说它体现了、保持了经久不变人生与文学的要素：生活、细节、正直、人道、善良、忠贞、大地、祖国、沟通、智慧，爱与理解，它就可以哪怕是戴着镣铐跳起酣畅淋漓的舞蹈。

生命，就是说它永远栩栩如生，永远如见其人如闻其声，永远用扑面的生活气息吸引你挑逗你趣味你，以审美世界的各种鲜活浸润你抚摸你，使你忘记了针对那时确有的偏颇而做出的简单与浅薄的归零，那其实是同样偏颇蛮横的呆傻总结。

消化，就是说，即使对于强横、矫情也有足够的通透能力，千万不要以为只有仁爱与温良是人性，暴烈的反人性常常是特定情景下的人性的可能。你有可能找到最大公约数，在摇头与顿足之中仍然有两行热泪由衷。"而那过去了的，便是亲切的怀恋"，哪怕它包含着荒唐与遗恨，从而成就为文学的升华与跨越。

艰难是艺术的杀手却更是艺术的催生力量。扎上靠杆靠旗，武生的表演尤其气概绝伦；小一个竹圈再一个竹圈，"钻圈"杂技的软功令人欢呼观止；忍痛用足尖残酷地吃重，芭蕾才显现了迷人的绰约仙姿；定性丑祸，花旦演员仍然在《杀嫂祭兄》里把潘金莲演得勾魂夺魄、死去活来地美丽，血腥而又绞肠刮肚地痛苦。

死而后生，因为它具有的不仅是合时的与避祸的闪转腾挪，更有永远的人性与人生，有自己的绝活与绝知，有货真价实的货色：称得上学问的历史、地理、民族、宗教、人类、文化学、语言学、西域学与边疆学上的钻研、深扎，接通地气与书气，还有独特的发现。

《这边风景》的命运令我向往上述境界。我应该做到，我应该更加努力。我的一切不幸都在成全着我，曲折坎坷乃至失败对于文学创作来说,是莫大的资源。

假如生活欺骗(?)了你,不要心急。毕竟是生活再加上时间感动了你,生活感动了你,也就照耀了你拯救了你与你的文学。

啊，新疆的风景！

一九六三年我做了一个破釜沉舟的决定，全家迁往新疆。我认为这是真正实行《讲话》，开阔自己，锤炼自己。不这样，就只剩下了死路。

我仍然满心光明与希望。我带着一缸小金鱼坐火车，我吟着诗："日月推移时差多，寒温易貌越千河，似曾相识天山雪，几度寻它梦巍峨。""死死生生血未冷，风风雨雨志弥坚，春光唱彻方无恨，犹有微躯献塞边。"

同样在运动中没顶，具体处境不同，我的光明的底色与逢灾化吉、遇难呈祥的自信使我从来没有一味悲观过。

那个年代的斗争的弦越拧越紧。一九六五年，我到伊犁农村"劳动锻炼"。六年时间，我与当地维吾尔为主的各族农民同吃同住同劳动，同生活同学习。我后来不无骄傲地说：我在新疆完成了阿勒泰语系的维吾尔语博士后。我与当地农民打成一片，我爱他们，他们也信任我喜欢我。

我喜欢新经验，我喜欢有所相异的文化与完全相通的心。

我喜欢伊犁民歌《黑黑的羊眼睛》。在无产阶级专政下的继续革命种种说法搞得我头昏脑涨的时候，去新疆，我想我更可以比较放心地沉浸在民族团结、祖国统一、沙漠绿洲、人民万岁的新疆生活里。

古话有云："大乱避于乡，小乱避于城"，中华传统文化中包含着这样宝贵的经验。如果在京，动乱那一关，恐怕难过得多。

从一九七三年开始，我陆陆续续写下了长篇小说稿《这边风景》。我对于所写的生活充满了情思与趣味，充满了知识与开拓，充满了投入与激扬，对于我写的土地、人民、生活，充满了眷恋与吟咏。何等的幸运，何等的机缘，很难再有一个人像我这样沉潜到如此地步！

四十年过去了，人民公社已经不再，记忆仍然鲜活，积极分子的忧愁，懒汉的笑料，热热闹闹的磨洋工，高高兴兴的空话连篇，却仍然是这边风景的独具美好，仍然是青年男女的无限青春，仍然是白雪与玫瑰，大漠与胡杨，明渠与水磨，骏马与草原的世界固有的强劲与良善。

四十年过去了，我的书仍然拥有读者，并得到社会的读者的与专业范畴的认同。而另一本处女作《青春万岁》是写后二十五年才出版的，出版后至今也过了四十年，仍然再版不断。我的"文命"就该如此。未能适时出版的遗憾，当然被经住了时间考验的自豪与快乐代替了。至于说作品还有局限啥的，那还用说吗?

毕淑敏说过一句话,有时候某种特定的政治过程歪曲了生活,但是强大的生活又消解了本身有所偏差的政治。

所以还是能写,哪怕戴上了所谓"镣铐",仍然有自己的歌舞。真情、热爱、大地的脉动、生活的兴致、感受的真实、伊犁河水的滚滚波涛、天山雪峰的冷傲庄严,都超越着一时的不够正常,都突破着局限。你笔下出现的是《清明上河图》,是"细节的排山倒海"。后面两句话是别人对本书讲的。

我喜欢书写的尽兴,汪洋恣肆,心如涌泉,意如飘风。我也喜欢欲说还休,留下八分之七的冰山在北冰洋里的比喻。恰恰可惜的是,俺的书里,这后一种八分之一写作的例证,除了《这边风景》,还不够多。

而且是怎样的一个切入角度,在一九七四年,王蒙的批判锋芒针对的是分裂势力,更是"四清"中的极左,明白了吧,朋友?

我没有忘记伊犁人对于家乡的吹嘘,新疆人说伊宁人是个个都是"呶契"——英雄好汉,同时也是"泡契"——牛皮大吹!例如书中那位靠夺权上台的穆萨队长!

最使我感动的是书中人物爱弥拉克孜痛责泰外库的那一段,多少年过去了,自己读到这一段往往会痛哭失声。一个是尊严,一个是希望与失望,一个是爱情。不为它们落泪,你为谁而哭?

雨灾里伊力哈穆问乌尔汗,你还跳舞吗?使我想起了《组织部来了个年轻人》里对于赵慧文的描写。有什么办法呢?王蒙就是王蒙,清水里泡三次,碱水里泡三次,血水里泡三次,然后他低声笑问:"各位可好?各位可老?"

他在伊宁县巴彦岱农村住进了一家维吾尔老农的一间放工具的小屋,屋里弥漫着生牛皮的气味。三天后燕子开始进这屋筑巢。一夏天与呢喃的一家小燕子相陪伴而过。而少数民族穆斯林们竟然从这一点上判断老王是个善人。那是什么样的感受与感恩?

写到了开放爽朗的狄丽娜尔突然跳上了俄罗斯族青年廖尼卡的自行车货架子上的情景,那样的事我也有啊,我骑着一辆破车,一阵笑声中一个维吾尔大姑娘已经跳骑到了我车的货架子上,扶着俺腰,到了她要到的地方,又是在笑声中奔跑而去。那不是一个快乐的年代,你能不能因此不许我发现与珍惜快乐,在不那么快乐的时候?

还有赶车夫的生活。还有穆斯林的宗教生活与宗教情绪。还有四只鸟和一个诡诈的人,那种结构显然受到《一千零一夜》故事的影响。还有一九六二年伊犁地区的边民外逃事件。还有"四清"。还有汉族的女技术员杨辉。还有雪林姑丽与艾拜杜拉的洞房之夜。我重读到书中人物为新郎脱靴子的话的时候,我写的是雪林姑丽脸红了,我也脸红了。

在不快乐的时期我找到了我的快乐。在无所事事的时期,我做了可能的最好的事。我留下了痕迹与纪念,而且,一次次重印。在小说基本改好以后,我将它尘封了那么久,我差不多已经忘记了它,然后它面世,得到了关注与茅盾文学奖。

我想起了一幅国画:"直钩去饵八十年",大概画的是姜太公?这一切,好像有点意思呢。

六十年后的二十五分钟

一九五三年秋天,我开始在办公用的片艳纸(一种薄而脆的书写用纸)上,写幻想中的我的第一部长篇小说《青春万岁》,我的想法似乎比梦还遥远与模糊。当然,那时候没有想到过六十年后在堂堂的天安门广场,在庄严的国家博物馆举办"青春万岁——王蒙文学生涯六十年展览"。

这也是"中国梦"里的一片小小的树叶吧。

荣幸、惭愧、感激、回忆还有惊喜,还有些微的王蒙老矣的伤感:这才叫百感交集。

而且,恰恰在开展前不太久,我找到了一九五三年写下幼稚的初稿的那几张片艳纸,一九五五年修订完成后的竖写手稿,还有上世纪五十年代、六十年代、七十年代、八十年代发表过的与因故未能发表的手稿。此外惊人的是,我还找到了"文革"当中用两种文字手抄的波斯诗人莪默·伽亚漠的鲁拜(柔巴衣)体律诗、我在"文革"中阅读《资本论》与《共产主义运动中的左派幼稚病》写下的笔记,直到一九五〇年在中央团校的听课笔记。呜呼文学，呜呼人生，时光远逝而纸与字儿长存，如此而已，岂有他哉！

不，还有其他：历年的发表过我的作品的报纸杂志，各式版本的数百种书籍、插图、译文、评论、记载，友人包括国际友人的翰墨，各种奖项与荣誉头衔的证书，还有各种音频、视频的资讯。当然还有美名与劣评，欢喜与懊恼，怀恋与遗忘，友谊与难受，祝贺与不忿。烟，非烟，如潮，如浪，如诗，如梦，如歌，友与非友，己与非己，很难牛皮烘烘，很难绕之而过，很难顾左右而言他，很难都承认也很难不承认。这些都成了历史的证词与痕迹。

一切都栩栩如生，一切都刻骨铭心，有时候是痛心疾首，有时候是欢呼雀跃，有时候是心如涌泉，意如飘风，文如井喷，天高云淡，生正逢时。一切的曲折都是故事，一切的挫败都是资源，一切的尝试都是活力，一切的异议都是协助，一切关于此公已经过时的预言只好等到明年再兑现了，一笑。

这些就发生在六十年后的二十五分钟，你大概用二十五分钟的时间可以看到王某六十年的劳作与失误，聪明与愚蠢，悲哀与满足。展览在国家博物馆二楼西大厅，欢迎批评，请多提意见。王蒙向观众与主办领导致谢了！

写小说是幸福的

我从一九五三年开始写小说，至今已经七十年。

写小说有多么幸福，它是对生活的记忆、眷恋、兴味、体贴、消化与多情多思。它是你给世界、给历史和时代、给可爱的那么多亲人友人师长哲人的情书。是给一些对你或许不太理解不太正解不太友善难免有点忌妒的人的一个微笑、一个招呼、一次沟通示好。它是你的印迹、你的生命、你的呼吸、你的留言、你的一点小微嘚瑟。

它是你对于宏伟的历史、时代、家国、天下、剧变、发展、风雷等等的一派珍重、一声回响、一个证词、一种体认、一串鼓掌、一滴眼泪、一番倾诉。是经历与心地的明证。是真实也是想象，是求实也是超越，是脚踏实地也是冲天翱翔。

除了许多即时发表出版的小说以外，《青春万岁》从写作到出版经二十五年，《这边风景》经四十年，《初春回旋曲》与《纸海钩沉——尹薇薇》经三十二年；而《从前的初恋》是一九五六年定稿，有些日记稿则是一九五一与五二年的原生态，时间距离达七十年。

我不无遗憾于某些作品的鲜活性新闻性共时性的缺少，但我也荣幸地得到了时间的试练与编辑。我的快乐是，如果你写了生活，写了真实、真情、真谛，写出了"可待成追忆"的"此情"，写出了"如初见"的邂逅，你的小说就经住了时间的考验，你的小说多少推迟了"秋风"下被丢弃的"画扇"的伤感。小说比人生更长。

英语里短篇、长篇小说各有自己的名词，统称小说则用fiction一词，他们重视的是小说的虚构性。中文里的小说一词出自《庄子》："饰小说以干县（悬）令，其于大达亦远矣。"我们更重视的是小说与大说的区分。

这就是说，一、假作真时真亦假，无为有处有还无；二、小中见大，意蕴深长，小说有自己特殊的本事。

鲐背了，你还在写小说，说明你还能纵横捭阖、激动细胞、抖擞神经、摘星揽月、冲浪乘风、碧海掣鲸、一直到插科打诨。你有空间与动力，功能与浪漫，也还接着地气。

它又是某些时候相当美好与健康佳妙的选择。比如生老病死、天灾人祸，超出了你能有所作为的范畴，但它们仍然是小说动机与素材，仍然是各方的关注。小说记住它们，小说释放块垒，小说安慰了鼓舞了调理了加工了也艺术化了艰难的人生。

小说是语言文字的世界，既是现实，又是符号，更是思维，是书的、文字的、音韵、修辞、比兴、对偶、旁敲侧击、歪打正着、美不胜收、经久而用的一个元宇宙。(不知道这个时髦词用得对不对,请方家赐教,谢!)

写小说的人有福了。

我的入党宣誓

一九四八年十月十日，在什刹海附近我们约好的地方，负责"带"（地下时对联系工作的称呼）我的刘枫同志宣布批准我与另一位秦同学成为中国共产党候补（现称预备）党员。

是时我差五天年满十四岁。我在一九四五年底首次见到北平军事调处执行部的中共方面工作人员李新同志，并受到深刻教育。此后，我与本校的地下党员何平建立了固定联系。作为没有组织身份的"进步关系"，在何平毕业离校后，我们转关系由刘枫同志带领。

四八年我与秦同学结束初中，考入位于地安门的河北高中。河北高中一直有党领导的学生运动传统，"一二·九"时是这样，解放战争中更是这样。四八年四月十七日，河北高中成立学生自治会时表演了解放区的《兄妹开荒》等节目，有三十多位同学被逮捕囚禁迫害，党组织遭到一些破坏。我与秦同学的考入，提供了克服损失，增益地下党的工作的可能性。

我的入党大大超出了我的预期，我很庄重，也很激动，刘枫同志对我们进行了气节教育与用智慧战胜敌人的教育。宣布我的候补期到五二年年满十八岁为止。

当然，在敌占区，在疯狂镇压的条件下，我们没有宣誓的仪式，也没有书面的文件，我们只有一个心，打倒蒋介石，推翻反动政权，解放苦难中的国家人民和我们自己，创造全新的新民主主义、社会主义、共产主义未来。

与我们的领导人谈完话，我步行回西四那边的家，一路上我唱的是冼星海、安娥的歌曲《路是我们开》。

> 路是我们开哟，树是我们栽哟，
> 摩天楼是我们亲手造起来哟，造起来哟，
> 好汉子当大无畏，运着铁腕去
> 创造新世界哟！创造新世界哟！

这就是少年王蒙地下入党的代誓词。我一遍一遍唱了差不多三公里。这个唱歌距现时已经七十多年，小人儿的歌声仍然响在地安门、北海后门、东官房、厂桥、太平仓（现在是平安里）、报子胡同（现在是西四北三条）这条路上，更响在我的心里。

三公里的路上，墙上贴着"肃清匪谍"白色恐怖标语，并且时有傅作义华北剿"匪"司令部的所谓执法队敞篷汽车驶过，车上站立在头排的是代表军、警、宪三方面暴力的持枪魔头，

整个车上的人全副武装。说法是抓住"匪谍",此执法队有权不经审判就地处决。

这些背景与音响,构建了我入党宣誓的移动会场的绝佳战斗氛围。不用说,到了一个少年人这样宣誓参加共产党的时刻,帝、封、官三座大山的反动统治,也就崩溃在即了。

此前,在北大四院礼堂,我看过大学生们演出的《黄河大合唱》,我知道了诗人光未然与作曲家冼星海的大名,从而也看着简谱,学会了《路是我们开》。

在中法大学礼堂,我看过苏联对外文化协会放映的《列宁在十月》与《列宁在一九一八》。在沙滩的北大"孑民图书馆"与祖家街的北大工学院"六二图书馆",我阅读了大量革命书籍。

党在北平的中学地下工作最有声有色的当属河北高中。我们二人入党不久,入学后在遭到残酷镇压的河北高中成立了一个新的地下平行支部。而解放后,我才知道刘枫的通用名是黎光,他是中央华北局城市工作部中学工作委员会的领导人之一,后来长期在中共北京市委工作。

路是我们开哟!从前辈共产党人起,这条大路已经走了百年,中国特色的社会主义大道越走越宽广。虽然路上也不断出现新的荆棘新的艰难,成绩越大,课题与挑战也就越多,但前途显见是光明灿烂的。当年的棵棵小树已经成林参天,创造新世界是艰难的,开路的成就感天动地,拓展与保卫、发展与优化我们的事业,则是更加艰巨宏伟的。新使命新工程如雨后春笋,快把那炉火吹得通红吧,趁热打铁就一定能成功!

重读李大钊之《青春》

重读李大钊之《青春》，为我国早期的共产主义志士追求之弘远，感情之炽烈，境界之崇高，学问、思想，直到词汇之丰富与雅训而拍案起舞，而热泪盈眶。今天仍然崇拜这样的人啊！一百零一年前，先知先觉的知识分子，高举起青春的大旗，颂少年之中国，歌青春之伟力，办"新青年"之杂志，为古老中国再造重生，准备好了理念与冲锋，贡献与牺牲。一百多年过去了，中国已经不是那个风雨如晦、摇摇欲坠的中国了，同样我们也期待着少年精神、青春精神的回归、重现与发展、完美。

李大钊说：

> 嗟吾青年可爱之学子……念子之任重而道远也，子之内美而修能也……为尽瘁于子之高尚之理想，圣神之使命，远大之事业，艰巨之责任……乃不枉于遥遥百千万劫中……与此多情多爱之青春，相邂近于无尽青春中……

李大钊此文从自然界的春天讲到了人的生命的青春，并且把青春解释发挥为理想、使命、事业、责任；这也是天人合一观念之时代化、革命化、神圣化。难道它不让今天的老中青年为之精神一振吗？

……日新、日日新，又日新之谓也……故能以宇宙之生涯为自我之生涯，以宇宙之青春为自我之青春……此之精神，即生死肉骨、回天再造之精神也。此之气魄，即慷慨悲壮、拔山盖世之气魄也……吾人于此，宜如宗教信士之信仰上帝者信人类有无尽之青春……虽在耄耋之年，而吾人苟奋自我之欲能，又何不可返于无尽青春之域，而奏起死回生之功也。

再向前迈一步，《尚书》上讲了"苟日新、又日新、日日新"，英雄志士、大智大勇讲了生死骨肉、回天再造，慷慨悲壮、拔山盖世；这是人生观，这是如同宗教般的终极信仰，这是生命的意义与光辉。而且，这种精神与气魄的青春性不受生理年龄的局限，耄耋之年也可以返于青春，起死回生！个人如此，国家民族何尝不是这样！老而弥少，长而弥坚，成熟而弥更新，淡定而弥因应开拓！

这里，有中华自古以来的青春精神，少年意气，志士热血，仁人衷心。有"天之将降大任于斯人也"的自诩；也有梁启超引用的西谚："世有三岁之翁，亦有百岁之童"。李大钊压根就是既弘扬传统文化，又汲取世界先进思想，进行传统的创造性转化与创新性发展的。

> ……白首中华者，青春中华本以胚孕之实也。青春中华者，白首中华托以再生之华也……宇宙有无尽之青春，斯宇宙有不落之华……青年乎，勿徒发愿，愿春常在华常好也，愿华常得青春，青春常在于华也。宜有即华不得青春，青春不在于华，亦必奋其回春再造之努力，使废落者复为开敷，开敷者终不废落，使华不能不得青春，青春不能不在于华之决心也……

李大钊讲了青春与白首的辩证关系。当时一些悲观主义者与域外虎狼，鼓吹中华"老大帝国"说，暗示此老大帝国已经濒于垂暮衰年、百病缠身。而李大钊告诉人们，所谓老大也是打从当年的青春风华发展变化而成，而且老大了仍然有返老还童、恢复青春的光明前景，关键在于什么精神状态，什么世界观人生观，什么信仰追求，什么实践奉献。正如前文说的耄耋逆生长为青春，其意不在于鼓励老年人，更在于鼓舞历史悠久之伟大中华。事在人为，华彩春花，不但可以在自然界之青春即春季开放（李文曰"开敷"），也可以在兹后重放、续放、新放，还可以变"废落"为长放不衰。既承认开放与废落都是宇宙、人类、国族、自我的题中之义，又强调责任担当。**诚哉大钊，伟哉大钊，壮哉中华，勇哉中华！**

……艰虞万难之境，横于吾前……堂堂七尺之躯……前不见古人，后不见来者，惟有昂头阔步，独往独来……更胡为乎念天地之悠悠，独怆然而涕下哉……今人之赴利禄之途也，如蚁之就膻，蛾之投火……耶经有云："富人之欲入天国，犹之骆驼欲潜身于针孔"……青年之自觉……勿令僵尸枯骨，束缚现在活泼泼地之我……一在脱绝浮世虚伪之机械生活，以特立独行之我，立于行健不息之大机轴。袒裼裸裎，去来无罣，全其优美高尚之天……此固人生唯一之蕲（祈）向，青年唯一之责任也矣。拉凯尔曰："长葆青春，为人生无上之幸福……"吾愿吾亲爱之青年，生于青春死于青春，生于少年死于少年也。德国史家孟孙氏，吾愿吾亲爱之青年，擎此夜光之杯，举人生之醍醐浆液，一饮而干也。人能如是，方为不役于物，物莫之伤。……青年循蹈乎此，本其理性，加以努力，进前而勿顾后，背黑暗而向光明，为世界进文明，为人类造幸福，以青春之我，创建青春之家庭，青春之国家，青春之民族，青春之人类，青春之地球，青春之宇宙，资以乐其无涯之生。乘风破浪，迢迢乎远矣，复何无计留春望尘莫及之忧哉……

李大钊就是这样的学贯中西，文通今古。他的理念打通了哲学、史学、科学，他的主张整合了人生观、价值观、自然观、人文观。他的人格完美了革命家、思想家、烈士、才人、学人，他的文章古色古香、经典纯朴、至诚至善、如火如荼。同时他又是汹涌澎湃，时代潮流，先锋猛士，先锋先烈。国家危难召唤出一大批诗家学家英雄豪杰仁人志士，而和平小康的幸福对利禄之徒也会成为低俗废物的温床。

再读读梁启超的《少年中国》等作品吧，我想起在最最逆境的二十世纪六十年代初期我写的小诗："不，不能够没有鸟儿的翅膀，／不能够没有勇敢的飞翔，／不能够没有天空的召唤，／不然，生活是多么荒凉！"

游泳是个信念

我见到过，一位高龄人士，被轮椅推到水边，在服务人员帮助之下，艰难地下了轮椅，下了泳池，他游起来了，如鱼潜浮，潇洒自如，左右逢源，姿态圆熟。

我见到过，白浪翻滚，别人在风浪中，站也站不稳，而会游泳的人，举重若轻，若无其事。老子说治大国如烹小鲜，游泳高手弄高潮如履平地。技高人胆大，勇者无惧。

我见到过，尤其在欧洲，泳者在岸上花里胡哨，展示体态肤色，享受性情浪漫。动辄点上冰激凌、咖啡，说着，晒着，美着，帅着，享受啊。但是，我自己属于"傻游"型，很少有人像我那样，到了岸边就下水，进了水就游，一游就进深海，上岸就走。沙滩有利于拉动内需，有利于人际和谐，有助于健康美好丰富的生活。我忙碌的心态辜负了阳光海滩，对不起。

我也遭遇过，独自出游，游出去五百米，仰泳回岸，以为快上岸了，翻过身来一看，方向偏移，结果是离岸更远了。我倒吸一口冷气，想到聂耳的游泳事故，只能鼓励自己慢慢蛙泳，正道返回，全须全尾，回来了。

游泳是体育健身、亲近自然的日光浴、冷水浴、空气浴，是勇气的锻炼，是"五四"以后兴起的新的生活方式，是一种对于健康和大自然的拥抱。毛主席、邓小平他们那一代革命家对于游泳的执着，宣示着中国式现代化的序曲。

游泳是生活水准，是小康生活，是健康中国，是向着强健化突进的民族精神。是不怕冷，不憋气，不怕风险，强化心脏、肺活量、肌肉，以至全身各个系统，是长进神经与全身的适应功能。是乘风破浪、上下自如，从必然王国到自由王国的解放。是三观积极，是全面的健康与乐观，是把握住自己身心的责任感顽强感和智慧感。

从十八岁到现在，我年年游泳。在新疆农村，在伊犁河里游，在窑坑里游；在乌鲁木齐，我在红雁池水库来自雪峰的冷水里游，从五米崖顶跳下去，睁着眼体验从起跳到下落到入水的三阶段过程。我也从西西里岛下水在地中海的第勒尼安支海游过水，在墨西哥城游泳池的四米跳台上跳水。我犯过一次错误，在香港中文大学游泳池一米高跳板上起跳时，没起跳就直接翻转身体，这样就失去了跳跃加速度成为零时的轻盈，我感到的是自己变成了一条纯粹的大麻袋，狠狠重重地抛入游泳池里。

我也在零下四十度的哈尔滨看到过冬泳。冬泳健儿们告诉我，当气温负四十度时跳入凿开冰层的水温正四度的松花江，感到的当然是极其温暖。

　　活着就要加餐和运动。活着就要学习和阅读，活着要干活。活着就要游泳，努力而为。王蒙九十鲐背矣，鲐是一种鱼，王蒙没有辜负这种命名。

　　能游泳，喜游泳，坚持游，是我对生命、生活与现代化的信念。同胞们，到大风大浪中去，游泳吧！

珍惜每一个日子

有幸生活在中国苦难、变革、建设、焕然振兴的伟大时代，不能不珍惜大时代每一时每一刻，每一个大有可为、未敢稍懈的日子。

五年，一千八百二十六天，我写了长篇小说《笑的风》《猴儿与少年》，中篇小说《女神》《生死恋》与《邮事》，短篇小说《地中海幻想曲（两篇）》《夏天的奇遇》，长篇散文《维吾尔人》。还在《人民日报》《光明日报》上发表了关于文化自信的文章，出版了《王蒙谈文化自信》《中华文化通识课》《与池田大作对谈集》和《王蒙谈列子》等等。二〇二〇年我的五十卷文集出版。耄耋历练之年，写起来回忆如潮，思绪如风，感奋如雷电，言语如铙钹混声。

当然，最最难忘的经历是二〇一九年，人民共和国七十周年，我获得了"人民艺术家"国家荣誉称号，是鼓励更是鞭策，是回顾更是新的启程。六十余年笔耕，七十多年中国共产党党员，挫折、产品、困境、阳关万里道，有难处更有来自方方面面的切磋与温暖。我的人，我的活儿，我的即将"米寿"的八十八年岁月，何等感动而又惭愧！如果对自身的要求再高一点，本来应该也可能做得更好！

突飞猛进的历史，写作人参与其中。经历、见证、书写、描绘，是我们的财富。时代呼唤着期待着今天的李白、杜甫、曹雪芹，我们不能不自惭自省，同时，只能迎难而进，当仁不让，任重道远，岂敢愧对我们的机遇与使命？

我的写作进入了加力推进的阶段。时间，时间，浪费一分钟时间已经不容。我自认为仍然是文学生产的一线劳动力。伟大的新征程是由一个一个实干苦干的日子组成的，历史的进展是由一天天一件件的事功成就的。我们的文化篇章，包括了你我他每一个写作人敲击的一个字又一个字，一分又一分思考、应答、寻找和升华，都可以做得更出色，配得上我们的文学的历史辉煌与革命的光华背景吗？时刻不忘。

楚辞汉赋、唐诗宋词、明清小说、鲁郭茅巴老曹，标杆在前，岂容我辈苟且！我们的先人、我们的前辈、我们的读者、我们的后人都注视着我们，岂能降低当代作品的取法与品位！我们的党，期待着我们，关注着我们：能不能创造出无愧于历史、无愧于时代、无愧于我们中华民族伟大文学艺术传统的新篇章来呢！

只有珍惜每一个日子，只能努力再努力！

日文版《青春万岁》序

一九四五年八月十五日，我们从收音机中听到了日本天皇关于日本无条件投降的宣布，不满十一岁的王蒙与其他北京（那时也叫北京）儿童少年沸腾起来，立即与老师一起骂倒了该学期《修身》课本上"中日满亲善合作"的课文，笑闹呐喊了整一节课。

我明白了什么叫国家，什么叫胜利，我感动得热泪横流，下决心此生应该为国家而献身，而死。

紧接着是对于抗日战争胜利后的内战的担忧，是全北平的"反内战、反饥饿"大流行，是反美军性侵中国大学生的"抗暴"游行。

而这个少年王蒙，在对于国民党"接收大员"的绝顶失望中，在一九四六年春天，见到了美、国、共三方组织的"军事调处执行部北平分部"的中共代表叶剑英将军身边工作人员李新同志，然后与跳班考进的平民中学高中体育明星、地下党员何平建立了固定联系。一九四八年十月，经中共中央华北局城市工作部中学工作委员会委员黎光同志介绍,加入中国共产党。

我是差五天不满十四岁时入党的,后来,我得知还有十二岁入党的少年。人民革命的高潮,表现之一是包括低龄的少年踊跃于革命化。比如刘胡兰,生的伟大,死的光荣,十六岁英勇就义成为共产主义烈士。那里从俄苏那边传过来一个名词,叫作"少共",叫作"少年布尔什维克",用拉丁字母缩写,叫作CY。这是我一九四六年与本校地下党员何平建立联系后,第一个小时学到的政治常识。

我们很幸运,与我入党同时,人民解放战争三大战役已经打响。我们面临的是人民革命凯歌行进的年代,是国民党军被摧枯拉朽,兵败如山倒,到处红旗飘扬,人民扭着秧歌,打着腰鼓,高唱"解放区的天是明朗的天"和"太阳出来了,满呀嘛满山红"的年代。

北平一解放,全体地下党员在北大四院礼堂开会,学唱《国际歌》,与彭真、叶剑英、林彪见面。你才知道,国民党严酷统治下,北平的地下党员已经成千,其中不满二十岁的,看来有一半左右。大学中学,正是革命的摇篮,革命的培训班,革命的火种群。解放以后,大中学生的革命化趋势汹涌澎湃。大中学生的文艺生活、文艺宣传,形如鼎沸。大中学生的精神面貌,焕然一新。

这种前所未有的景象中还包括了苏联文艺的空前影响。《钢铁是怎样炼成的》《青年近卫军》《卓娅和舒拉的故事》书籍风靡全国，《喀秋莎》《我们祖国多么辽阔广大》《共青团员之歌》无人不唱，《幸福的生活》《乡村女教师》《攻克柏林》，有的年轻人连续各看四五次。

嗯，我们二十世纪三十年代出生的这一代中国青年，赶上了从旧中国到新中国的历史节点，赶上了割地赔款，丧权辱国，"东亚病夫"，摇摇欲坠的濒临灭亡的中国变成生气勃勃、团结一心、旭日东升、战无不胜的人民共和国的历史转折。我们的这一代青少年，有幸参与这伟大的历史过程，体验这一切的宏伟与激情，点燃我们的青春热情，为中国的与世界的历史新变作证，记录和描绘不同时代的人们未必能得到的人生火热与喊得出来的万岁青春。

于是，有了十九岁王蒙开始动笔写出的长篇小说《青春万岁》，与已有的世界各国写中学生的小说的儿童文学性质不同，它不是儿童文学而是罕见的青春少年文学。在特别巨大的历史变革中，儿童可能缺少了足够的童年，补偿他们的是火热雄伟值得呼喊万岁的青春。

这本书在一九五六年已经开始在上海《文汇报》等报纸上有所选载，一些主要媒体也做了本书的预告。而后，冻结了四分之一个世纪，一直到一九七九年，才正式出版。出版了四十四年了，本书还不断地再版着，不曾中断地摆放到当今青少年的书桌上或者口袋里。至于本书的《序诗》,不知被广大学生、演员、广播员、电视主持人朗诵、录像、网存了多少次与多少版。

　　感谢日本创价学会,支持了这本书的日语翻译与出版。向环境与经验大不相同的日本读者问好!

《悬疑的荒芜》创作谈

有两年，除系列微型的《尴尬风流》以外，没有写篇幅稍大一点的小说啦，写起来真快活。

写小说才有各种手段，假作真时真亦假，无为有处有还无。满纸荒唐言，一把酸辛泪。道是无情却有情。声东而又击西，打狗不忘骂鸡。

把虚构的东西写得与真实的东西没有区别，把真实的见闻、新闻、实际发生的众所周知的事情写得洋溢着小说的部件感、链条感、气氛感，还冒充"新新闻主义"。应该用叶盛兰的小生腔喊一声："妙哉！"

除了写小说，你能这么忽悠吗？散文都不行，散文都涉嫌失真。

我本来已经安排好了赴伦敦参加以中国为主宾国的书博会。在书博会上我与老相识、女作家玛格丽特·德拉布尔有一场对话。德拉布尔在她的长篇小说《金色的耶路撒冷》中，开宗明义，第一章写到她的主人公克拉拉，常常因为一件绝非光彩的经验而获得某种资源。这句话几乎使我跳起来。

只有写小说的人才有这样的本事。把一个触霉头的过程当成宝贵的稀有金属，用来锻造一只独特的指环或者项链，至少制作一个可以抽打的陀螺。

还有一个年轻人说，你们写小说的人真好啊，你们（的经历）嘛也不会糟践。

由于家人生病，我去不了伦敦了，但我愿借给《北京文学》写创作谈的机会，说一下这个话。

总之，不敢说自己还没有老的老王，写了一些最最真实的遭遇，也写了一些最最小说的忽悠：曰《悬疑的荒芜》。

哈哈哈哈哈哈……

小说写成音乐

是把小说写成音乐呢，还是把音乐写成小说？

是一种风格？流派？歧途？小说革命？无中生有？沉迷？雷电？

"我曾经在某处写过另一个地方树梢的微风，而如今却找不到通往那里的路……忽然间有一种奇怪的空间感……爱因斯坦一九二三年曾经在那里做过一次讲座。"

是的，他写到了空间，他又写到了久远而又亲切的时间。他写到"时间的宫殿与空间的宫殿"。

而且在此后，读者们读到了对奇怪的空间感的横空出世的新感觉主义描写的二十页杂志，约三万字以后，他又重复了这个主题词，但没有再提爱因斯坦。

无知的我只知道爱因斯坦，小说里则写得完全：阿尔伯特·爱因斯坦。这增加了对于世界名人的敬畏感。

对了，那么爱因斯坦的讲座是在作者三十八岁的时候。此西班牙作家是一九六一年出生的，现在他至少是六十三岁了。

人积累了岁月和地域的记忆和想象,如果是刘慈欣,地域就包括外星球和外银河系。积累得多了,便能以生产文学的反刍和慰安,感动和骄傲,文学的欣赏,旋律与节奏的温存,还有文学与艺术的较劲,咬牙。毕竟一切的往事都有它的意义与痕迹,有故事,有戏,有诗,更有不同乐器的纷繁与摇曳的乐段。

二〇二四年,一月十八日,腊八,王蒙喝了包括小米、黍子、糯米、赤豆、莲子、红枣和燕麦片的粥,"谁家的烟囱先冒烟,谁家的粮食堆成尖",八岁以前,每年的腊八都有这样的华北俚语出现在报屁股上。腊八是农家的谷神节日。我们追求深深的地气,生活与文学,我们有时也追求天风,天云、天梦、天魂;打开一扇也许等了一辈子没有能打开的门,通向更高(能不能用一个神一点的词儿?)的生活。

喜欢喝腊八粥与喜欢西洋古典音乐是两种路数,小说里与译者的前言里时有欧洲大师的作曲家姓名与器乐演奏出现,好像在音乐厅享受交响乐,在吃过红枣与麦片之后欣赏瓦格纳与舒曼。

在二〇二四年腊八这一天读着今年首期《十月》杂志,"全球首发"(!)中篇小说栏目《一种更高的生活》,作者西班牙安德烈斯·伊巴涅斯,译者杨玲,一上来就打动了我,像是一块石头,扰动心头的涟漪。

杨玲在序中说,这不仅仅是小说,作者想写的是像音乐一样的小说，又说作者说过："想把音乐写成小说"。如果那确实是把现成的音乐作品写成小说，是以音乐为对象的小说，和写绘画写舞蹈尤其是写建筑一样，无甚新异。但像音乐一样的小说，极有吸引力，那就是把自己的小说作品写得像音乐一样动情无言，一样纯洁透明，一样震撼多姿，一样开阔无边，一样八方四面天花乱坠，音乐一样穿透灵魂，深入灵魂，像音乐一样成为一个世界，成为本小说的题目："一种更高的生活"。

一种更高的生活，用中国式的修辞与造句，那就是更高的境界、追求，是的，文中的小标题出现了"生活境界"的复合词。用终极语言来说，是彼岸，是天堂，是仙界。而用文艺学美学的名词呢？就是艺术的极致，艺术的时间与空间，是诗神美神酒神的神话，就是精神的大满贯。

这里有更进一步的向往，这里有凌虚蹈空的危难，这里有自以为是的神经质，这里有曲高和寡的碰壁，这里有难以接受的困扰。

这里追问更高的生活与文学。

这里有各式象征暗喻。这里把写作夸张为刑罚，把从文视为苦行僧献身。这里把音乐写成拦路把门的警卫。这里用高傲的艺术精英主义营造孤芳自赏的空虚。

这里还不断地提出与辨析苏联、俄罗斯、俄罗斯的孩子等字样，作者是新左翼？

也很希望对译者有了解,上网一查,杨玲名下有两千七百一十七张图片,有布依族的易地大城市统战部长,有龟兹壁画剪纸艺术家,有心理学教授,有星石投资总裁……你觉得杨玲这个姓名充满活力,兴旺发达,茂盛红火。

小说、作家、音乐、杨玲、西班牙作家安德烈斯·伊巴涅斯都在百花齐放。甲辰大吉。

为《在河之舟》作序

汉俊出版新著《在河之舟》，令人高兴，繁忙的公务之余，写了这么多优美的历史文化散文，读之耳目一新。

北京中轴线申遗成功，是一件盛事，他的《一条擘画了七百年的文明线》，从历史的高度，回顾商周秦汉、晋隋唐宋、元明清代，直到民国，进入当代节点，既有地理生动摹写，又有文学之华美与激情，中华民族的发愤图强热度，烘热了读者的心，我难以想象有人能把北京，把国土，把中华文化，把赤子之心写得这样宏伟而又翔实真切。

《孔子的天空》，对孔子的仁爱之光、道德之光、人性之光、理想之光，以及儒家思想的内涵、流变、影响，全面铺陈，有新时代解读儒家的新视角；而《楚风流人物》，点评楚国几十位君王的功过是非，回顾楚武王、楚成王、楚庄王等的雄才大略，也剖析了楚灵王、楚平王等庸君的昏聩无能，再比较秦国的崛起与楚国的衰败，发人思索。

汉俊对景德镇瓷器有研究，有专著，本书中《唯美青白》《瓷航万里路》两文,梳理景德镇瓷器远销欧亚的历史,提供了许多不太为人熟知的故事。

尤其《春江有此花月夜》,这是目前关于初唐诗人张若虚《春江花月夜》的十分丰赡细腻体贴的分析文章。张若虚的《春江花月夜》写得很了不起,但人们对它的关注、研读并不够,许多文选版本没有选录,个中原因,汉俊作了分析研究。古人以"孤篇盖全唐"誉之,清末学者王闿运评价它是"孤篇横绝,竟为大家",闻一多先生称之为"诗中的诗,顶峰上的顶峰"。现在又有了汉俊新论,读之信服,有安慰熨帖之感。

《"红楼梦"的芯片》,将石头——宝玉的符号学内涵一一道来,令红学脑洞为之一启一张。作序者读了跃跃欲试,似宜发少年狂狷,闻呼而应,和上一篇。

还有关于屈原、岳飞、徐霞客等历史人物的篇章,作为散文集,它的信息量惊人,文采风流,亦颇不俗。汉俊的求学读书功夫令读者赞扬,他的修辞遣句之认真与着力令读者感奋,他的文化爱国主义情怀令读者动容。

祝贺《在河之舟》的出版,长江大河,源远流长,飞舟奔腾,千姿百态。期待,再期待!

图书的天堂

我愿将理想的世界称为天堂。唯物主义者的天堂不在天上，在世上地上，在我们的创造与奋斗里。

一个贪婪者的天堂梦里，到处摸到黄金。一个饕餮者的天堂，应该是张开嘴就大嚼鸡鸭鱼肉。一个醉鬼的天堂，拧动自来水龙头流出了茅台与人头马的琼浆玉液。赌徒的天堂呢，是扩大了的澳门博彩场与美国拉斯维加斯。多情种子的天堂，人人是"二唐"——唐伯虎与唐璜，加仓央嘉措、汤显祖和徐志摩，而且，男生位位宝玉，女生个个林妹妹与尤三姐——哎哟，真感动人呀，却也有点吓人。而正义者的天堂里，复活了所有的献身者，震响着悲壮与无敌的歌诗，布满了苍松翠柏、纪念碑、扫除一切害人虫的决绝誓言。

那么，希腊三千年前、我国近千年前，已经有了这样一个书籍的宝库，这样一个安静而又专注的集群作业区，这样一个令人戒慎恐惧而且敬畏向往，自重自爱而且开拓提升，一切免费开阔、一切又规则周全严密的名叫图书馆的地方，它是谁人的天堂？谁人的作坊？谁人的运筹机要帷幄？谁人的枢密院？谁人的智慧渊薮？谁人的氧气库？谁人的阿里巴巴真理芝麻门户呢？

少年时代照亮了、燃烧起我的灵魂的是比我高四个年级的本校垒球明星何平的家里的藏书——他的精彩绝伦的小小图书馆。我十一岁时在他那里读到了毛主席的《论联合政府》、华岗的《社会发展史纲》、斯大林撰写的《联共（布）党史简明教程》第二章第四节——《辩证唯物主义与历史唯物主义》，还有赵树理、康濯、马烽、贺敬之的作品；还有解放区出的"木刻选"，其中最难忘的是《人民英雄刘志丹》；人民英雄人民爱，人民英雄为人民献身的场景催人泪下。还有苏联的《士敏土》《铁流》《虹》。后来则是一九四七年的《中国土地法大纲》。

何平是地下党员，他的革命性书籍，有些是做了伪装的，比如，《中国土地法大纲》的封面与前三页印出来的是《古文观止》。它是我的图书馆，是我的党校预科图书室。这个图书室由于私密与无扰，还可以教授唱歌，其中有"我们的青春烈火般鲜红……我们的青春海燕般英勇……"与"喀秋莎站在峻峭的岸上，歌声好像明媚的春光"。《我们的青春》一曲，曲词作者是新四军二师的洛辛。他们还提到青年女诗人王海纹，她与她的姐姐是新四军的八女投江英烈。一九四二年发表的此歌，后来在国统区的学生运动中脍炙人口。我一九四六年学会了这个歌，一九五三年我把它的词写到《青春万岁》中，又六十九年后写到《从前的初恋》中，直到二〇二四年我在参观江苏盐城县新四军纪念馆中，得知了它的来历。

图书哺育着人的成长，在成为地下党的"进步关系"的同时。少年王蒙也开始成为文津街北京图书馆的常客。瘦小的我是凭着中学生学生证才获准进馆的，借书有一系列查阅目录卡、填写表格、等待送书的手续，每次可以同时借两三种。我悄无声息，严肃紧张地坐在书桌前面，注意着其他读者的彬彬有礼与一心期待的表情，听到了人们小心翼翼和轻起稳落的脚步声与书页翻动的诱人声响，低声书益美，轻翻室更幽。我在这里读了《礼记》《孝经》《论语》《道德经》与《太极拳式图解》《八段锦图说》，读得懂的令我志得意满，读不懂的使我仰望天空，同时五体投地。

也有时前后等了四十分钟，送来的是一张"已借出"通知卡。

与我的少年时代相比较，当代的图书馆读者是多么幸福方便啊。

我也在北京图书馆里读了鲁迅、丁玲、巴金、"左联五烈士"、托尔斯泰、雨果、法捷耶夫和西蒙洛夫，那时还有北京朝华书店经营的苏侨时代出版社、新知书店、读书出版社与生活书店出版的进步书籍。我早就知道并感佩于邹韬奋的大名。还有美国左翼作家辛克莱的《石炭王》，还有"革命之鹰"罗莎·卢森堡的《狱中书简》。

如果讲初心,当初一大批革命者的初心离不开革命的图书。

又似乎不仅仅是、不完全是阅读,这个地方,在腐朽虚伪、半死不活、低迷空洞的旧中国,竟然是另外的空间,是求学寻知的自耕园地,这里的读者大多有一种沉着,有一种文字、书本、文化的尊严与踏实自信。这里是那些贪官污吏、军警特务、愚蠢颟顸的低俗无赖较少光顾的净土。在这里你会认真攻读,你会洁身自好,你会抱有希望,你会期待新生,你会立志攀登和寻觅新时代新中国与新生活。

还有在华北局城市工作部领导下,沙滩北京大学学生自治会主办的孑民图书馆与祖家街北大工学院自治会筹办的"六二"图书馆。那里有毛泽东著作,有"七大"文件,有《新民主主义论》,也有刘少奇的《论共产党员的修养》等解放区出版的革命檄文。那里有指导国统区的学生运动的阐述,书名是《冀东行》,说了位于并非冀东而是冀中的平津学生运动的司令部即华北局城市工作部的一些景象,将沧州地区的泊头市,故意说成冀东,以利迷惑反动派。

北大学生自治会的两个进步图书馆还出面举办了"寒假补习班",通过大学生给中学生进行课外补习,将革命意识向年轻的弟弟妹妹们输送普及,广种丰收。文津街的北京图书馆建筑是梁思成教授设计的,它具有现代性更具有中华建筑的经典性,现在的国家图书馆传承了来历已久的北京图书馆，并且终于完成了自己的新馆建筑，我有幸在国务院与中宣部领导莅临下，一九六七年主持了新馆落成仪式。

我也多次参加了许多省的图书馆的新馆建设完成的欢欣庆祝。崭新的馆室，海量的藏书，完善的为读者服务的设备，为视障人士提供的盲文书屋，开放型电脑服务的大门敞开，还有儿童阅读室，令人鼓舞。加上我多少参加过的上海、哈尔滨、武汉、南京各地图书馆学术讲座与论坛活动，都是国运昌隆、文化发展、求知求学、全民上进的佳兆。能有多少比图书馆里坐满了人，人手一册，书籍借还两旺，精神日渐开阔，学问天天精进，更让人欢喜的光景呢！

我也有幸与观与闻世界上的一些闻名图书馆。大英图书馆阅览室里留下了卡尔·马克思在一个长年不变的座位上为书写《资本论》做准备，遍读群书，长期苦战的足迹。一八四九年，马克思一家人从欧洲大陆逃亡到伦敦，马克思几乎每天到大英图书馆的前身——大英博物馆圆拱形阅览室做研究，为撰写《资本论》而努力。人们说他写作《资本论》用了四十年光阴。我虽然不知道他在大英图书馆的具体操作，但是我清楚地看到了马克思的靴鞋给地板踩下的凹痕，这相当惊人。人们说，《资本论》是工人阶级的圣经，我当然肃然起敬。

马克思与《资本论》留下的鞋痕，叫人想起马克思著名的答女儿的二十问：他最理想的职业是"蛀书虫"。

还有，现在人们喜欢把阅读写成"悦读"了，但我更服膺的是马克思式的攻读与苦读。

我也去过法国国家图书馆，它很大，是十四世纪就建立起来的国家图书馆的延续。它的馆长由总统任命。它的存在立刻使我想起了戴高乐时代的革命者、小说家、评论家，口若悬河的演讲家马尔罗，他写过表现中国二十年代大革命的长篇小说三部曲，他参与过二十年代的中国革命活动，例如广州起义，并因此与托洛茨基有所争论。一九六五年，他以戴高乐总统特使的身份来过北京，与毛主席、陈毅部长等见面并且有热烈与多方面的讨论。此事见之于中国文史出版社与漓江出版社出版的有关书籍中。他做过法国国务部长与文化部长，他也在法国的图书馆事业中具有重要的影响。在法国,图书馆事业在法方"成为文化超级大国"的自诩中，具有重要作用。

还有美国的号称资料十全十美的美国国会图书馆，政客们离不开这家图书馆。耶鲁大学的建筑豪华的图书馆，一些城市的大大小小的图书馆，都很显眼。

还有拥有大量波斯手稿与伊斯兰经典的伊朗国家图书馆，他们储藏与修复保护了许多典籍。伊朗的图书馆也由总统直接领导的。我去了，与他们的学者馆长有很好的交流。

图书馆是国家经典的宝库，是图书、知识与文化文明的天堂,是历史的光照,是民族的尊严与荣耀,是文化的慎终追远与百世流芳,它们还是对于一切霸凌、野蛮、丑恶、粗鄙、邪恶、无知、偏见与懒惰的高尚的与有效的抵抗堡垒。在一座座国家的、地方的、城市的、乡村的、私人的图书馆面前,我们将更有信心地面对人类的各种过失与错讹,危难与挑战,我们会增强对于人类历史与文明的信念。

在世界读书日,我们为人类的与中华的文明欢呼!我们为世界的与民族的图书与图书馆歌唱,我们向世界的图书馆人与读者问好!

我是第一届青创会的与会者

我是一九五六年三月十五日召开的第一届全国青年文学创作者会议的与会者。能够有机会和参加第九次青创会的各位同行、各位朋友见面，我很受鼓舞。我说一下我的祝愿。

第一，我们能够保持内心的热情和驱动的力量，能够保持对文学的追求。对文学的追求，就是我们这一辈子要做的事；就是对世界、对人生、对家国、对人民、对事业和幸福的追求；是一个感人的、动人的、迷人的途径。中国共产党是中华民族的能源和引擎，我们不会、不要受任何消极与虚无论的影响。尽管人生有许多遗憾，但是"人生如梦""沧海一粟""意义本无"等等的这些说法、这些遗憾，要使我们更加珍惜和热爱生活和文学。和无穷、和永恒相比，哪怕我们是零，但是和零相比，我们的成绩与可能性无比地长久与远大。我们可以、我们甚至于要立志赓续楚辞、汉赋、唐诗、宋词、元曲、明清小说的光辉与魅力，否则何以对祖宗，何以对后人？

第二，突破小我，奔向人民。我愿意回忆一下在很特殊的情况下，一九六三年我参加中国文联的读书会，见到一些地方的文联领导同志，我立刻觉得这是一个机会，我需要突破自己，不能只在北京市待着。我用几分钟的时间就确定了我要去新疆。报告当时中国文联的领导刘知明同志，得到了他的支持。然后在当时特殊的情况下，自治区党委、文联想尽了一切办法，派我到当时条件最好的伊犁农村，劳动锻炼并担任人民公社副大会长，而且殷切地期待我积累和写作。所以我做到了许多年和各族农民同吃、同住、同劳动，熟悉了许多过去不会的活计。人是可以突破自己的，人不能满足于自己，人不能只会欣赏自己，还要欣赏更大的世界和更大的可能。

第三，我相信我们能够学习、学习，再学习。这个世界面临前所未有的变局，包括信息的变局、知识的变局。我们得升级，得活到老学到老。我们要学习社会，学习党史党建，学习中国式现代化，学习信息科学，学习人工智能，学习生命科学，学习材料科学，学习国防科学，学习历史地理，学习外语外事，学习人文社科。有专长，也有百科全书式的知识资源。我顺便说一件事，德国的大作家海因里希·伯尔去世后，他的家属邀请我到他的德国别墅去住六个星期。我当时就报名学习德语。这时候我已经快七十岁了，六个星期学不会我也要学，我觉得多学一点东西太可爱了。有人问我，说你学这么多，学这些玩意儿有什么用？我的看法是，学在前、用在后。你不可能用在前、临时学，这是不可能的。你必须学习，学习以后早晚有用，永远有用，对你的精神状态、对你的心理、对你的健康都有用。

第四，我们贴近现实，创造想象，发展智力，发展动能。我们不能仅仅满足于浅薄的写实和低级趣味，而能够有所扩充，能够扩大我们的精神世界，拓宽我们的精神世界。

第五，我们生活在社会主义的中国，我们的处境和古往今来的许多作家是不一样的。今年夏天好多电影都是讲作家的，有巴尔扎克，有契诃夫，有陀思妥耶夫斯基等等。我看着这些作家非常敬佩，也非常难过。有些西方的电影描写作家，我看着就都是神经病，而且都那么短命。契诃夫活了四十四岁，巴尔扎克写了那么多东西，他只活了五十一岁，他的神经质比陀思妥耶夫斯基还厉害。我就想到咱们中国的王勃，现在考证他，一说是二十六岁，一说是三十四岁。李贺是二十六岁。我希望在社会主义的中国，我们能够身心健康，成为社会的健康的正能量，能够跑文学的马拉松。陀思妥耶夫斯基最感动我的一句话是，我怕的是对不起我所遭受的痛苦。是的，作品里头我们会想到我们的痛苦，但同时中国人也会想到我们的英勇奋斗、忘我牺牲、不断幸福、美好落实、一日千里，我所受到的各种关心爱护，涓滴之恩，涌泉相报，这是中国人的道德和感情。我们要表现我们的犀利、敏锐、幽默，也要表现我们的善良、深情、豁达和健壮。

懂得文化，积极交流

世界上任何一种有价值的文化，从来都不仅仅是在国门内起作用。文化的价值既在于它的民族性地域性，也在于它的人类性普遍性。世界各地的文化从来就是我中有你，你中有我，而又各具特色。

文化与物质商品不同，物质商品多半是一次性的，使用完了，需要再进口。而文化，引进了，为你所用，为你所消化吸收，丰富了你也武装了你。归属于你了，并从而有可能成为你协力创造的新的文化果实。近代外国人用火药、指南针、活字印刷术的水平，早已超出了当年输出这样科技的中国，也不会有多少人想着这是中国的出口。同样，中国引进了马克思主义，发展形成了毛泽东思想、邓小平理论、"三个代表"重要思想、科学发展观等，没有人会认为这是进口物资。从延安时代就时兴同志间见面行握手礼，谁会想到握手是礼节赤字？汉语拼音用拉丁字母，然而，它的用法只限汉语拼音。电影、话剧、芭蕾等艺术品种来自外国，但没有人认为《一江春水向东流》《雷雨》

《红色娘子军》是舶来品。即使跳《天鹅湖》,由于中国演员的身材、气质情愫和文化背景的不同,其版本、其效果也不可能全同于俄国的。我们不妨以日本为例:日本古代学我们,近现代学欧洲,如果讲赤字,它全是赤字。然而,不管怎么学,日本还是日本。而且,日本的勇于和善于吸收外来文化,恰恰是一种软实力。

对于文化来说,首先不是实力不实力的问题,而是它的有效性、质地性、成果的丰富性与深刻性的问题。一个文化的品质,在于它能否帮助接受它的人群与个人提高自己的生活质量,能否开阔人们的精神视野与发展人们的精神能力,是否具有足够的创造性、吸纳能力、发展能力、应变能力……我们说文化是软实力,其实就是说它在国际政治中有很大的作用,但不宜过分地强调它的政治作用,避免把文化交流政治化、急功近利化,甚而粗鄙化。我们需要强调的:文化是花朵、是魅力、是精神、是瑰宝、是记忆也是预见、是形象也是品格,是民族的又是人类的骄傲与财富。如此这般,也许比较靠后再说它是软实力更好。说得愈后,可能软实力愈强。

文化有极强的政治性,但毕竟比政治更宽泛与含蓄,更日常与普及,更潜移默化与点点滴滴。我们反对西方国家把与我们有关的各种问题政治化,但是我们不反对把某些政治性极强的问题适当地文化化,即从文化的层面多进行交流和讨论,尊重文化与世界的多样性。我们已经重视,而且必然愈来愈重视与各国的文化交流与合作。在这样的交流与合作方面,我们可以做到信心十足,大大方方。

我们重视与各国政府间的文化协定,重视文化交流上的政府行为,我们也许应该更重视民间机构与文化人个人之间的交流。境外有许多人喜欢强调文化的非政府行为性质、自然渗透、不带强迫性而被接受的性质。我们的文化交流方式,应该是政府主导,民间参与,尽可能通过市场以扩大受众的规模。尤其要避免因急于走出去而自贬身价,这样的做法,或可偶试于初期,却绝对不可以成例,也不可能真正收效。

我们的文化工作是马克思主义指导下的文化工作,是接受中国共产党领导的文化事业,我们的一切向世界推介中国文化的工作,都有利于我们的建设有中国特色的社会主义事业。但这并不意味着我们要在文化交流中推广我们的指导思想、意识形态与社会主义核心价值观。文化就是文化,不论它受意识形态的多少影响,它与意识形态不能互相取代。我们不避讳并向世界正确地解说我们的意识形态原则与我们的传统文化的密切关系,从中论证我们的意识形态的合理性、合法性、坚实性。但是我们努力向世界介绍的,是我们的被意识形态指导,同时又推动着我们的主流意识形态的成熟与发展的文化成果和文化传统。当然,加强我们的文化交流工作,必定会有助于赢得理解与敬意,有助于让世界更加客观和公正地认识中国的真实情况与真实走向。即使推介的是几千年前的文物,也是由蓬勃发展的社会主义中国人民守护、整理、阐释的文化成果,是社会主义中国人民的爱国主义与尊重历史、尊重传统的最有说服力的证明。不能说推介古代的东西就丢失了主旋律。同样,积极有效地吸收国外的一切好的文化,化为中华文化的一个有机组成部分,同样有助于消除西方人士对我们的偏见、无知与误解。

我们对外文化推介面对的是世界各地尤其是西方世界的广大受众,当然要以受众能够理解的方式、熟悉的语言习惯做好我们的工作。这并不能说是迎合西方人,也无需为西方人没有接受我们的主流意识形态与我们的社会主义核心价值观而遗憾,或指责他们的对待中国的无知少知猎奇心理。外国人对中国感到好奇,我们欢迎。好奇比无视好,只有经过更多更有效的工作,才能尽快地超越人家对我们好奇的阶段。

文化之强离不开文化高端成果

在我国，社会主义基本制度的建立，社会主义思潮的主导地位，生产力与信息技术的发展，从温饱到小康的成功进展，产生的一个重要的成果是文化产品与文化权利的大众化。文化来自人民生活，反哺大众的精神需要。人民大众参与文化生活，主导文化生活，评价文化生活，同时接受着文化生活的熏陶与影响。这在中华民族文化史上具有划时代的意义。

文化市场是文化成品的大众化程度的重要标志。只有大众喜闻乐见的文化产品，才有好的市场，好的效益，也极大地有利于起到好的社会作用。改革开放前被忌讳的关于票房、发行量、收视率……的讲究，现在已经成了文化生活中被关注的热点之一。

但毕竟文化与经济、与物质产品的状况并非全同。文化产品有长远性，几千年前的产品如《诗经》与先秦诸子的著作，至今还在市场上活跃着。原因是它们仍然在中国人民的精神智慧与人文性格里、在中国知识分子的书房里保持着伟大的活力。

文化评价也绝不全同于市场统计，有它的专业性与高端性。古今中外，都有一批成就非凡的文化巨人：堪称伟大的哲学家、思想家、科学家、文艺家、发明家、著作家、工程家、探险家……他们的精神品质与精神能力大大地超出凡庸，他们创造的新观念新理论新发现发明大大地领先于大众，他们是一个国家一个民族乃至一个时代的文化标杆，文化巅峰。

我们提出了构建文化强国的目标，什么是文化强国？人民群众的文化需要能够得到极大的满足，人民群众的文化素质得到普遍的提升，文化活动有广泛的参与，文化建设文化交流盛况空前,这当然是重要的。同时,拥有阵容强大的文化高端人才，拥有无愧于伟大时代的我们今天的诸子百家、发现发明、经典著述、高端成果、高端贡献，同样是重要的，也许是更重要的。与这样的高端人才、高端成果等等相比，票房也罢，版税也罢，奖项与荣誉称号也罢，就不那么醉人了。

归根结蒂，文化强国的强字应该是指人强、智慧强、学问知识强、想象力创造力强、成果强、著作强、发明发现强，强了才能够长久地矗立于人类的生活与精神领域中，不但现在强，不但现在大繁荣大发展，而且经得住历史的考验，时间的考验。

反过来就是说，发展建设文化不能够急于求成，不能做表面文章，不能大呼隆，不能变成政绩工程，更不能吹吹打打图个声势。

抓文化很费事,很考验人。应该关心我们的文化阵容,关心我们的文化专家,关心我们的文化高端态势,关心我们的著述的含金量,准确地评价我们的文化商品的创意含量,关心我们的知识分子的专业水准,关心我们的文化评估的公信力与可靠性,关心我们的文化成果的真实的与恒久的文化价值。这当然不是易事。

我们的目标是让文化成为辉煌的文化,让我们的文化成就成为中华民族的也是人类智慧与精神的光荣与骄傲。一下子做不到,当然,但是巍然中华不能不有这样的目标。我们任重而道远,我们的眼界与努力都还有待于进一步的推进。

推进阅读,推进发展

明 德

长期以来,中国有劝读、劝学的传统,宋代神童汪洙有句:"万般皆下品,惟有读书高",说得有粗俗与夸张处,但体现了对作为文化载体与前人历史经验的书籍的重视,这十个字流传了几千年。苏秦游说六国,初则失败,继则苦读,再则成功的故事,也是在励志,鼓励有志者必须通过读书提高自己的境界与能力。毛主席也以他欣赏的庄子关于"且夫水之积也不厚,则其负大舟也无力"的说法,用在鼓励好好地读书上。

积极性、此岸性、经世致用性,是中华传统文化的特点。"唐棣之华,偏其反而,岂不尔思?室是远而",这首民歌体的爱情诗句,被孔子大大地提升,将花朵解释为美德,并指出"未曾思也,夫何远之有",强调美德的关键在于思之行之,反求诸己。孟子也认为实行王道是"为长者折枝"一般,做起来并不困难,世道人心,没有理由不优化。他们都强调掌握权柄者的道德文化高度美善化的重要性与可行性易行性。老子的说法则是"不言之教",如今天的说法:"身教胜于言教。"孔子还强调:"天何言哉?四时行焉,万物生焉。"都是强调了道德践行为先的道理。包括人们熟悉的《论语》开篇,说:"学而时习之,不亦说乎?"这里的"习"字,讲的不仅是温习复习,更是讲实践。孔子说:"德之不修,学之不讲,闻义不能徙,不善不能改,是吾忧也。"这里提出的明德、好学、扶正、自我批评的要求,至今也是有意义的。

亲民与合道性

古代中国的亲民思想也是重要的,《大学》里讲:"大学之道,在明明德,在亲民,在止于至善。"《孟子》里讲:"得民心者得天下。"《荀子》里讲:"君者,舟也;庶人者,水也。水则载舟,水则覆舟。"这些话的意思是,亲民,得民心,才能被百姓所拥戴,才能使统治国家乃至王天下的权力得到民意的基础,才能使老百姓对权力系统的拥戴欢迎渴望,达到《孟子》所说"如大旱之望云霓"的程度,达到周文王那个程度,才是天下有道,才是天下太平,才是安居乐业,与民同乐。

亲民的要求是至善的要求,是道德的制高点,是权力所追求的目标,是稳定的保证,古人的说法叫作"知止而后有定",

就是说，知道了自己的目标是至善，而至善的表现是亲民明德，然后治国理政才有了定力。

孔子多次谈到"邦有道则知，邦无道则愚"，就是说邦国有道，人们应该发挥自己的聪明才智，报效朝廷与民人。孔子还说："笃信好学，守死善道。危邦不入，乱邦不居。天下有道则见，无道则隐。邦有道，贫且贱焉，耻也；邦无道，富且贵焉，耻也。"就是说，好学，守道，才能无危无乱，有所表现，有所建树，有所追求，有所成就，也有所规避。

现代世界，强调的是权力的"合法性"，中国古代，强调的是"合道性"。道是天道，天言其高、大、上、恒常、根本与不依一时一地的因素与个人愿望而转移，这样的道，或称天道、大道，就是世界的规律法则，就是决定一切的关键——如庄子所说的"道枢"。

重要之点在于，天道即是民心。姚雪垠的《李自成》中也讲："民心即是天心。"《道德经》上说："天道无亲，常与善人。"也就是说，天道，人心，人性，道德，是可以统一起来的。人心齐，泰山移，说明人民的愿望、人民的追求可以改变世界，而人民的心是向善的。如《孟子》所说："恻隐之心，人皆有之；羞恶之心，人皆有之；恭敬之心，人皆有之；是非之心，人皆有之。"而老子的"大道至简"，到了民间又与中国特色佛学结合，发展为所谓"道悟天成"的道理。

到了宋明理学心学那里,除了权统治统以外,还讲究学统道统,就是说权力的运用要以民人为中心,符合民心才是符合道统,才是符合天道,才能长治久安。权力体系,权统要接受天道的考验,民心的选择。老子的说法亦是"圣人无常心,以百姓之心为心",圣人之所以是圣人,不是因为他们的独特天赋,而在于他们与百姓的融为一体,代表民人。

当然,到了二十一世纪的今天,我们要将合道性与合法性结合起来,要将以德治国与依法治国结合起来。

机变与调整

中华传统文化的有意思处还在于它的多样性。既有天道、人心、信仰、文化、为政(现在叫行政)的同一性,高、大、上、久、化的同一性,又有因时因地而异,苟日新、又是新、日日新的机变性。

陶渊明早就提出了"好读书,不求甚解;每有会意,便欣然忘食"的五柳先生理想读书模式,反对两汉以来的烦琐经学。到了李白那里,直言"鲁叟谈五经,白发死章句。问以经济策,茫如坠烟雾"。而带有唯美主义与形式主义倾向的李贺,也同样嘲笑李白笔下的鲁叟式人物:"寻章摘句老雕虫……文章何处哭秋风?"他们都看不起教条主义与烦琐经学。李白则进一步讲了自己的推崇："君非叔孙通，与我本殊伦。"说明自己与鲁叟腐儒是完全两类人物，他追求的是叔孙通式的与时俱化、灵动机敏、识时务者为俊杰。李白一生，诗人则伟大矣，政治上并不成功，追随永王造反，几乎丢了脑袋。但显然他对自己的机敏过人充满自信，他认为自己本来完全可以成为智多星式的叔孙通式的谋略政治家。换一种机缘，李白能不能成为又一个诸葛亮呢？他有此梦想，实际未必，他有机敏无疑，但是他缺少实践，不甚接地气。

《列子》有一段关于孔子的故事，说是子夏问孔子对他的一些弟子的看法，孔子回答，颜回的仁爱、子贡的论辩、子路的勇敢、子张的庄重，都超过了自己。子夏问，既然他们超过了孔夫子，孔子怎么还要做他们的老师呢？孔子说，他们的问题在于只讲一面，颜回讲仁爱，不知道人生与治国理政还需要具备不可仁爱的另一方面；子贡雄辩，不知道有时需要沉默的另一面；子路讲勇敢，不知道世事有不能一味前冲的另一面；子张庄重，却不知道和谐轻松的另一面。孔子说，即使把他们的优点全给了一个人，也仍然是有不足、有缺陷的人。

这就是中国文化，这就是相反相辅、过犹不及、物极必反、平衡和谐的中华辩证法。

而荀子那里，他引用古诗，诗曰："左之左之，君子宜之；右之右之，君子有之。"他说："此言君子以义屈信变应故也。"

君子遵循大义即根本原则，有所屈伸往来，以适应形势条件的变化。这一话之精彩自信包容定力，令人叫绝。

孟子的说法则是"资之深，则取之左右逢其原"，说是努力够了，功夫深了，就能够从必然王国进入自由王国，得心应手，百战不殆，用英语说就是路路畅通，怎么着都成功。中国人还有一个说法，叫作进入化境，治理成为艺术，出神入化，立于不败之地。后来，"左右逢源"的成语在传播中沦为贬义，这说明了民众的经验与见识会修改经典的原意。"左右逢源"当今所含的两面讨好、缺乏主见的一面是值得我们警惕的，但同时，当初孟子、荀子的理想主义的说法，仍然大有弘扬光大的空间。

知行合一

中国传统文化中，表面上看，似乎也不乏贬低书籍与阅读的说法。孟子说"尽信书不如无书"，他认为周武王的革命是正义的战争，是"以至仁伐至不仁"，所以他不相信《尚书》上对于伐纣之战"血流漂杵"的说法。

讲读书的不足，更多的是庄子。他以一个木匠的例子说明书上写下来的可能恰是糟粕，因为木匠做轮子的手艺精妙，难于传授，写到书上无补于事。他还分析说，书籍只是前人的鞋印，并不是前人的鞋，更不是前人的脚，尤其不是前人的人格与智慧全部。此话不假,所以我们也同样接受歌德的名言:理论是灰色的,而生活之树常青。在学习与追求真理的道路上,我们更应该强调生活实践,在读书上我们也不会忘记大教育家陶行知的关于"用活书,活用书,用书活"的提倡,而力戒他所为之痛心的"读死书,死读书,读书死"。

王阳明提出知行合一,孙中山提出知难行易,强调知与行的连续与统一,意在激励人们养成知则必行、行则自知自觉,既不可空谈误国,也不得盲动妄为。在最近中央党校(国家行政学院)中青年干部培训班开班式上,习近平总书记突出强调了在摸爬滚打中增长才干、在层层历练中积累经验对于干部成长的重要性,勉励广大干部特别是年轻干部要在知行合一中主动担当作为,做起而行之的行动者,不做坐而论道的清谈客,当攻坚克难的奋斗者,不当怕见风雨的泥菩萨。

阅读与我们的历史使命

仅仅靠读书,不足以发展与培育人的精神品质与精神能力,但读书毕竟是学习提高丰富自己的一个不可缺少的极重要的途径。

"书到用时方恨少,事非经过不知难",陆游强调了用书与拓宽阅读的必要。"书山有路勤为径,学海无涯苦作舟",如今只谈悦读,谈读书以获得心理的平衡是不全面的,我们同时还要苦读、攻读,强调阅读激活追求与志向,阅读激发热情与勇气。用新媒体的浏览与闪读,代替经典书籍的认真深读,是危险的,它会降低而不是提高我们的全民智力与知识水平。

中国奇迹般的迅速发展引起了欢呼,也带来一系列新的问题。发展需要发展主体自身的发展,变革需要变革主体自身的转化,创新需要国家主体的精神品质的新创。习近平新时代中国特色社会主义的理论与实践是与古今中外特别是民族传统的经典相对接与交通的结晶。思想需要开拓,知识需要更新,创造与转变需要深厚的学养与智慧积累,语言需要丰富贴切与富有新意。这些我们都可以从读书中获益。

阅读并不仅是获得平面化的、浅层次、海量与真伪莫辨的信息,古人已经指出了要读书明理,崇德向善。读书是为了境界胸怀的培育与扩展,读书是为了智慧与本领,不但勇于,更要善于回应日新月异的挑战与不断涌现的新课题。读书是为了向历史交出一份精彩的新时代新答卷。

别样的智慧

老子名李耳,两千五百多年前东周春秋时代的人,出生在楚国,现今的安徽、河南一带。他写的五千字《道德经》,影响巨大,发行量全世界排在第二名,仅次于《圣经》。

《道德经》所说的"道",是世界的本原和归宿,是世界的根本规律,世界的终极无穷存在,有些像数学里的无穷大(∞)。老子认为道是看不见的,视之不见叫夷(无色);道是听不见的,听之不闻叫希(无声);所以道是摸不着的,是高度抽象又高度精微的。这是人在头脑中对道的体悟。而道的本体存在,其特点是大、逝、远、反。大是伟大、宏大、无穷大,无所不包;逝是变动不羁、永远演化、时时产生、时时更新、时时衰老、时时消失;远是不受时间空间局限,影响无界无垠;反是时时反转,有所循环,如否定之否定。

老子所说的这个道,有指向性,有必然性,有理论性,却没有感官可以接触的实体。它是处于你的主观意识之外的绝对存在,它又是你的一种毫无疑问的感受而不是切实的实体。也可以说，道的实体就是世界，就是自然，就是你我他，就是天文、地理、生物、人类、自然、社会和文化的一切的一切。世界上一切事物都有自己的发生、变化、局限、灭亡、消失，同时，世界是永存的。很简单的道理，如果世界有时间与空间的边界的话，那么边界之外又是什么呢？如此说来，一切的一切发生于何？灭亡于何？永恒于何？存在于何？你把它们综合起来，就是道。

事物的出现与被发现是一个过程，但它们的形成的道理与原质（旨）是先天、先验的。你的出生是猴年马月，没错，但是令你出生的阴阳之气之理，人类的祖先猿人的进化，你的祖先的存在，构成人的各种元素的存在是绝对的。飞机的发明是一九〇四年，但早在飞机出现以前，赖以发明飞机的空气动力学、物理学的学理所反映的客观规律都是早已有之的。故哲学家有所谓"未有飞机之前已有飞机之理"一说。如此说来，当人的思想逐渐走向寻找本质的时候，我们所追寻的正是道。

道是中华文化的概念之神。老子强调人法地，地法天，天法道，道法自然。就是说人的一切要根据大地的规律与情势做，而大地的一切要根据天时、季节与气候、天象做，天的一切，决定于道，是师法道而运动的，而道的一切，最终取决于自然状态——即世界万物本有的、自有的规律。这个自然，不是指自然界，是自然而然的意思，是世界万物本来的样子、本来的特性、不依人的意志为转移的自然状态自然法则。

你也许会问,说来说去,到底什么是道呢?提出这个问题,说明你已经有悟性了,说明你已经有了对于道的感悟与追求,你已经琢磨上道了。可以告诉你,你所提问的"到底",就是道,"究竟",就是道。除了眼前的、鼻子底下的东西,你想进一步弄清到底是什么,究竟是什么?太棒了,你问的"到底"与"究竟",好极了,它就是道!

在《道德经》一书中,道有时称作天道,有时叫作大道,有时叫作一,有时叫作朴(原意是未加工过的木材),而德的概念是指道的功能。《道德经》中,讲到天的地方比讲到道的地方还多。天是自然的存在,天是终极的本质,天是人心与智慧的认知与感悟,天是先验的与天生的第一性概念,天是一元论的整体性的一,天还是伟大、深刻、至善、至高的同义语。这表现了老子哲学将唯物与唯心、文化与政治、理论与现实、信仰与认知合而为一的东方哲人思路。

除了道,《道德经》里最强调的是"无"。老子强调无为而无不为。简单地说,你不干那些错误的、多余的、越俎代庖的、适得其反的、凭空添乱的事情了,各种应该做的事情才能做好。老子处的时代,各诸侯国家争权夺利、急于求成、战争连连、谋略多多、天下大乱、民不聊生,诸侯们都想着扩张强悍自身,吞并吃掉别的邦国。老子认为,他需要大喊叫停,挽狂澜于既倒,给一批诸侯和他们的卿相的急躁盲目的胡作非为泼冷水。

他看到了事物正反相依、相反相成的关系和结果。他对政治治理的理想就是无为而无不为，就是"太上，不知有之……功成事遂，百姓皆曰：'我自然'"。就是说，最好的治理是人们感觉不到约束干预，事成了，百姓都说，是我们循规而做的呀。

这当然有点夸张和理想主义。但是，他的这些思想内核，与我们所提倡的精兵简政、尊重群众的首创精神、坚持群众自己解放自己的观点，都是一致的。无为而无不为，某种意义上也与老子对于原始共产主义社会的记忆与怀恋有关。马恩的共产主义学说中，关于国家消亡、社会上只需要统计员统计生产数字的说法，可以令人联想到老子的无为而治的学说。而孔子也称赞上古圣贤虞舜是做到了无为而治的。

老子更有独特的辩证法理论，可以称为中华辩证法。我认为有几点特别让我们受用。

一个是无与有的辩证法。他说，房屋、车辆、器皿等，都是"有之以为利，无之以为用"。房屋有墙壁、门窗、屋顶和地面，这些都是有，但正是窗门顶地造成的中间的无，才是我们可以使用的，确切地说，四面墙中间的空无空白，这才是有用的空间。器具有底有壁，也可能有托有顶盖，但我们使用的是内里空间，是中间的无，如果器具是死膛的，或者装满了东西，就不能用了。所以应该虚心、不自满、不自大，才能听进不同意见，才能进步。

老子把有和无、实和虚说得非常辩证，有叫利，无有用，二者互为依托，才发挥了作用。极其生动巧妙，发人深省。

到了庄子那里，他的名言叫"虚室生白"。一间房子，放的东西越少就越亮。人的内心世界，越明朗清静，越能留下纠错的空间，留下调整适应变化的空间。所以不能自满，不能一大堆成见，堵塞死自己的心胸。要虚心好学，要使自己亮亮堂堂。不能小肚子鸡肠、画地为牢、坐井观天，要开拓自己的精神空间，不要狭隘偏颇，要宰相肚里能撑船，有容乃大。

一个是自己与他人的关系。"以其无私，故能成其私"，"夫唯不争，故天下莫能与之争"。你越不死盯着自己的私利，你的个人的追求与愿望反而更容易实现，你不与别人斤斤计较，别人反而没有办法与你争斗。老子还说："吾所以有大患者，为吾有身。及吾无身，吾有何患。"你的忧心忡忡全在于对自身得失的计较，如果你不计较自身的得失成败，到了无我的境界，你还有什么忧愁苦恼呢？你知道符合自然而然的天道，也就成就了自己。

一个是祸与福的辩证法。"祸兮福之所倚，福兮祸之所伏"。这个名言告诉我们，福祸是可以转化的，人要胜不骄、败不馁，高潮和低谷时都要平常心、沉住气。有了成绩而忘乎所以、牛皮烘烘，对你不利的事可能就快来了，最终只能是自取灭亡；反之不能因受到挫折处于逆境就悲观失望、动摇泄气，只要保持生活与进取的勇气,你还有绝处逢生的机会。这个思想,还有后来淮南子讲的"塞翁失马,焉知非福"的成语故事,在中国家喻户晓、脍炙人口,鼓励了一代代有志者不怕艰险,知难而进,取得了成绩成功。

一个是相反相成的辩证法。"大成若缺,其用不弊;大盈若冲,其用不穷。大直若屈,大巧若拙,大辩若讷。"在老子看来,越是大格局大出品,越难免有可挑剔的缺憾,有待于精益求精,但是它的效用永远不会衰敝;越是大积蓄大充实,越是要留下吸收新事物新进步的空间,所以你用之不竭;大真理直言会照顾到许多方面,难免像是有一点曲里拐弯,大的智巧像是有一点笨拙,因为它从来不投机取巧,不打折扣;了不起的言说辩论之才,反而显得不善谈吐也不常说话,因为世界上空谈废话、意气之争、口水之战太多,只有真正值得你去说去辩去讨论去分析的话题才有意义。老子说的是,相反的事物是互相依存的,是一个整体,不要用一个方面否定另一个方面,不要被一种现象所蒙蔽。保持精神优势,就要全面思考,深谋远虑,才有定力,才能保持最佳状态,不受外界的祸害干扰。

一个是物极必反的法则。"将欲歙之,必固张之;将欲弱之,必固强之;将欲废之,必固举之;将欲取之,必固予之。"你要关紧一扇门,先要将它开大,这样才好用力将之关闭严实;你想削弱对手废除敌手,不妨先使之扩张膨胀,出现破绽危机;

你想要有所得，必须先有所付出。很多人认为老子讲的是兵法，但老子本意是讲各种行为的普遍规律。有人认为老子阴险，那须要看老子的整个三观，他坚决反对战争，反对利己主义，反对争夺私利，同情人民，同情弱势群体。他讲的是一种斗智哲学，是一种处理问题、改变处境的方法，他是伟大的思想家，当然不是阴谋家。

老子还有许多名言，其味其理，其文其意，隽永深厚，读起来颊齿留香，如沐春风，如赏青山高峰，江海浪潮。

老子说"上善若水。水善利万物而不争"。水又包容，又清纯，维系生命，洗涤污浊，而且谦卑，甘居人下，充满了生命的喜悦与平凡的伟大。

老子说"治大国若烹小鲜"。治理大国就像浅炖小鱼，简化手续，不折腾，不轻举妄动。这是多么胸有成竹、举重若轻的一种姿态呀！

老子说"我有三宝……一曰慈，二曰俭，三曰不敢为天下先"。老子的哲学思维在先秦文化中首屈一指，但他不是为学术而哲学，他的目标仍然是为帝王师，想对为政者有所诫勉。他认为对于帝王与权力系统来说，最重要的是慈——亲民爱民，俭——珍惜民力国力，不敢为天下先——不提过于超前的口号目标，而要时时与民人在一起。这里，老子警惕的是滥用权力。

老子说"圣人无常心，以百姓心为心"。圣人没有个人的成见偏见定见，圣人了解百姓，把百姓的利益放在首位，跟着百姓愿望走。而这里讲的是政纲民主，政策民主，义理民主，二千五百年前，当然还没有谈到程序民主与法制民主。这与"为人民服务""以人民为中心"是一致的。

老子说"知其白，守其黑""知其荣，守其辱"。就是说，心里十分明白，但要避免激化矛盾，更需要不露锋芒，韬光养晦，一步一个脚印。也还包括了不钻营、不出风头、不炒作的做人修身之道。

老子说"天之道，损有余而补不足；人之道则不然，损不足以奉有余"。他认为正统的天道应该是贬损富足有余的人去补助生活困难的人，可是人之道却反过来，常常剥削困难的弱势群体去滋养富足有余的人。这个说法很厉害，所以，中国历史上的农民起义经常打起"替天行道"的旗帜，搞杀富济贫，开仓放粮，根源来自这里。

老子说"哀兵必胜"。他认为处在被侵略被欺侮被践踏的不利状态中的悲愤痛苦的人民，能够奋勇拼搏而取得胜利，具有激励被剥削、被压迫的劳苦大众起而抗争的意义。

"道可道非常道，名可名非常名"。说起老子《道德经》，人们总觉得高深莫测、玄而又玄。这里的玄，可以理解为抽象性和逆向思维性。《道德经》确实是众妙之门，打开这个"命门"，你就能领会日常生活中想不到的许多道理。

老子真是聪明啊，他的思维能力非常发达。他的《道德经》充满了逆向思维，他在平凡的事物中发现了至理，在别人认为合情合理的地方指出了不同的思维途径和发展结果。有人认为他的学说中的某些方面与辛辛苦苦、仁义道德的儒家形成对立面，有时不无片面和消极。但我认为，老子的学说是我们中华民族精神财富中很重要的一个组成部分，是儒家学说的一个很好的补充。老子给了我们一个思想武器，我们无论从政做官，还是作为一个专家，抑或从事某一方面的工作，知人论事，修身求进，都可以从老子学说中的积极方面汲取养分。当我们处于弱势、处于逆境时，可以充实自我，沉着应对，调整身心，化不利为有利，以柔弱胜刚强。当我们处于优势或者做出成绩有些得意时，应该同时看到自身弱点和他人长处，戒骄戒躁，以防物极必反。当我们看待万事万物时，我们可以放开视野，多几种维度，多几个角度，看得长远些、开阔些。而这种辩证思维的能力，正是我们中华民族所特有的一种精神品质、精神气质、精神风度。

"我是永远的激情飙客"
——王蒙先生访谈录

沈杏培[*]：王老师您好，您今年九十岁高龄了，这是令人羡慕的高寿。与您一起高寿的是您的文学，从一九五三年《青春万岁》至今，您的文学已经跨越了七十年的漫长岁月，您的文学创作已有五十卷本的巨大体量，获得过人民艺术家、茅盾文学奖、意大利蒙德罗国际文学奖等无数荣誉和称号。您是当代中国文学和当代中国社会"独特而珍贵的宝藏"。独特，是指您是跨越两个世纪的历史亲历者，您不是一个普通的亲历者，融合了文化部长、基层干部、知识分子、作家等多重身份的亲历者。独特之二在于，您还是一个"讲述者"，不是每个历史亲历者都有讲述的能力。您一直以文学、研究、政论、演讲、访谈等方式讲述着当代中国。五十卷的《王蒙文集》是您赠给这个世界的巨大财富。独特之三在于，从文学角度，您已经取得的文学

---

[*] 沈杏培，南京大学文学院副院长、教授、评论家。

成就和还在继续进行的创作，是中国当代文学的独特而巨大的文学宝藏，您是文学的多面手，旅法作家刘西鸿说："作家王蒙是一棵树，在哪儿，哪儿就不会有失望的春天。花，逢春必开。"而且，您的文学一直包含着常和变的辩证，您的文学永不服老、没有尽头，形成了令人称奇的"王蒙气象"。

王蒙：我今年虚岁九十岁，从事文学写作七十周年。人民文学出版社正在编《王蒙创作70年全稿》，一共有六十卷了。我在谈到自己的时候，爱说一句话，那就是我还是文学战线上的一线劳动力。我虽然年事日增，视力听力都有下降，但是一旦开始写作，我的思维仍然活跃，我的状态不错。今年《人民文学》第八期将会有我的一个新中篇小说，手头另外一个中篇小说也快写好了。我争取"捂一捂"，明年再发表。从出版和评奖的角度看，这样做主要是为了避免出现同一年度内自己看好的两部作品相互竞争的情况。这样的情况出现过两次，第一次是一九七九、一九八〇这两年我先后在《当代》（1979年第4期）和《十月》（1980年第4期）上发表了中篇小说《布礼》和《蝴蝶》。一九八一年全国第一届（1979—1980）中篇小说评奖过程中，《当代》和《十月》分别推荐了这两部作品，因为每个作者只能有一篇获奖，究竟是奖给《布礼》还是《蝴蝶》，出现了分歧。有人问起我的意见，我说希望奖给《蝴蝶》。此事使《当代》主编秦兆阳老师甚为恼火，因为奖了《十月》的《蝴蝶》等于挖了《当代》的墙脚。当时《当代》的领导韦君宜先生是我的"第二恩师"——我一辈子有三个恩师,第一个恩师是萧殷,第二个恩师是韦君宜,第三个恩师是时任新疆维吾尔自治区党委副书记林伯民,具体交往我就不细说了——以至于若干年后,韦君宜先生见到我,还问我:"王蒙,我们到底什么地方得罪过你?"她是一个真诚直爽的人,一辈子不会说客气话,我能理解她这句话所包含的一点隐隐的失落和对我的不满。第二次出现自己作品"相争"的情况是今年。二〇二二年年度文学作品参评今年的文学奖项时,我的两个中篇《人民文学》(2022年第4期)上的《从前的初恋》和《北京文学》(2022年第9期)上的《霞满天》,似乎又要进入"竞争模式"了,所以我打算二〇二四年再发我的最新作品。

  一线劳力,这是我对自己的评价。你问为什么我的写作年龄比较长,首先,我认为作家写作年龄的长短不是什么大不了的事情。有人一辈子就写一本书,丝毫不影响他的伟大,比如曹雪芹的《红楼梦》似乎没有写完,但却成为古今中外无与伦比的文学珠穆朗玛。其次,对于我来说,写作让我充实,而且我至今没有疲倦感和冷淡感。这种浓郁的写作兴味,根源于我对人生、家国、政治、社会、个人的成长、爱情婚姻,都抱有比较积极、乐观、向上的态度。顺利的时候保持积极的态度,不顺利的时候,我仍然能够保持积极的态度。除了乐观,我对生活万物充满了不易衰减的爱恋兴味。比如，我对政治充满了热情，否则我不可能十一岁就和华北局城工部北京的地下党建立了固定联系，十四岁还差五天的时候我就以地下党员的身份加入了中国共产党。同样，没有对政治的兴趣和政治素质的保证，我也不可能在一九四九年三月份离开学校被调往团市委工作，我也就不可能早早地写起长篇小说来。就算被划成右派，我对于去新疆仍然是充满希望的，在去新疆的路上我写的诗全都是积极、充满期待的。我对在新疆的农村里劳动也极有兴趣，我对能够担任新疆维吾尔自治区伊犁哈萨克自治州伊宁县巴彦岱镇红旗人民公社第二大队副大队长也兴致勃勃。我对学习维吾尔语更有兴趣，在学习维吾尔语过程中我甚至投入到连说梦话都在讲维吾尔语。除了语言，很多时候我学其他东西都像"疯"了一样。

有一次在北戴河创作之家这里，我碰到山东大学的马瑞芳老师，她说："王蒙啊，感觉你这辈子什么都没耽误啊！你的入党没耽误，做官也没耽误——连划右派你也'没耽误'，还有，娶媳妇，生儿育女，孙辈出世，你一样都没耽误。"事实情况确实这样。还有一位领导来到我家，过去没见过面，一见到就说："我说你这个人真有意思，你这一辈子也不算常常顺利，也常常不顺利，但是你不管怎么不顺利，最后你各方面都还很不错。"所以我说自己是逢凶化吉、遇难呈祥。有些很好的朋友和同行，他们年老以后看着自己的旧作觉得兴味索然。我倒是不怎么看旧作，因为我还在忙于创作我新的作品。概而言之，我和我的文学之所以能够"长盛不衰"，根源于我对人生抱积极的态度，我对文学抱积极的态度，我对写作抱积极的态度，我对参与工作抱积极的态度，我对参与政治生活抱积极的态度，我对生活和人的方方面面抱热爱的态度。往大了说，我对党的事业抱积极的态度，我对中国梦抱积极的态度。往小了说，我对生活万物有浓厚的兴趣，我对学习抱有积极的态度，尤其是，我痴恋写作。对我来说，写作维持着我的生命。写作也是我不断地温习、反刍、消化、延伸我自己人生经验的一种途径。

沈杏培：谢谢王老师和我们分享文学和人生永葆青春的秘密。您讲到了乐观、积极、学习、兴趣对于您的人生和写作的巨大意义，这些品质和能力值得我们学习。接着，我想和您交流的一个问题是，每一代作家都有自己的强项，可能也会有他们的短板，您觉得，您和您这一代作家，在文学创作、历史视野和精神立场上有没有短板和局限？

王蒙：从我个人教育背景来看，毕竟我是"自学成才"，没有接受过正规科班的高等教育，这是天生的缺陷。这也导致我在语音的基本功上稍稍欠缺，比如中国传统诗文里的一些字的读法，以前常常会念错，比如一叶扁（piān）舟，我很多时候念成一叶扁（biān）舟，后来别人告诉我，我才知道。还有像仁者乐（lè）山，还是乐（yào）山这一类多音字读法，有时也不太确定。我的另一个遗憾是外文水平不太高。我花在英语上的功夫并不少，但是实际应用能力还不及格。我至今记忆深刻的经历是二〇〇八年中央电视台九套的那次英语对谈。二〇〇八年适逢党的十一届三中全会三十周年纪念，我被安排与主持人进行半个小时的英文对谈，主题是中国的作家和中国的文学。要谈整整半个小时，而且不能念稿子，连纸条也没有，这是很有挑战的一件事。为此我恶补了十几天英语，每天都在高强度练习。最后我颇有兴致地坚持下来，反响还可以。另外，如果说缺憾，我感觉我在知识的体系性和严谨性上不行，中外古典和经典知识，我都需要加强学习。

沈杏培：我想从整体文学基调上和您聊聊您的文学。我们都知道，大作家都有自己的主导性风格。比如鲁迅是一个典型的"金刚怒目"式的作家（《两地书》《朝花夕拾》是少有的柔情之作），他的大多数作品，尤其晚年上海杂文写作时期，充满了不屈不挠的骁勇战斗之气；再如巴金，早期写作充满了无政府主义的批判和昂扬向上的冲决旧制度的热情，到了抗战时期，他的文学变得沉郁压抑。他们的文学都充满了内在的紧张。但您的文学一方面充满了大悲大喜、细腻与粗犷、苦难与辉煌；另一方面，较少悲悲戚戚、哀怨谴责，您的作品中的个体总是在超越苦难、化解厄运，坦然豁达面对一切困境，甚至呈现出在逆境中逍遥、遇难呈祥、知荣守辱的平和达观和澄明境界。无论是早期的翁式含、曹千里、钟亦成、老魏、张思远，还是晚近《猴儿与少年》中的施炳炎、《笑的风》中的傅大成、《霞满天》中的蔡霞都是如此。您如何处理历史和现实的苦难、个体的创伤？您如何做到不做"文学的怨妇"和"金刚怒目的斗士"，而做"气吞万里的歌者"和"和光同尘的智者"？

王蒙：首先我认为风格是讲特色，但是风格的宽窄也还是有很大的区别。比如鲁迅的风格是"金刚怒目"，但并不是所有的作品都是如此，比如他的《伤逝》，包含着一种同情、哀伤的态度，《故乡》也是这样。至于我，到现在为止我健康状态还算可以，我参与社会生活和文化生活较早，我现在经常感慨，从前五十年代我去哪里都是年岁最小的，甚至被别人看成是娃娃兵，现在我去哪里开会，百分之九十的情况下我是年龄最大的，我的高龄和漫长的创作历程充分显示我的人生经验比一般人要宽一些，这是我的优势。比如我有河北农村沧州南皮的经验，否则不可能有《活动变人形》，这个作品对我很特殊，很重要——最近《活动变人形》的话剧在上海演出非常成功。另外，我有在新疆那么多年的生活经验，而且有跟新疆少数民族的农民完全生活在一起的经验。我还有官至部长、中央委员的经验，也有打入另册、参加各种名目的体力劳动前前后后超过十年的经验。我先是在北京郊区附近劳动了四年，然后到新疆伊犁农村劳动了六年,在"五七干校"又劳动了三年,加在一起共计十三年。我还有大量国外交流和生活的经验。我在中国作协和文化部任职期间,前前后后访问过六十多个国家和地区,这种域外经验拓展了我的视野,使我观察问题具有了世界眼光。另外,我很早就关心政治,全身心参加革命,充满革命理想。所以,我在人生态度上,充满了豪情和乐观,希望自己不要因为一时失意不顺而悲悲切切、怨气冲天。因为我觉得怨天尤人是最没有用、最无助的,是 helpless 的事情。这种乐观精神和开放心理是我的基础风格。我们知道,从事写作的人,一般都有自己的特色,语言上有特色、书写风俗习惯有特点、艺术呈现有鲜明风格。但是,从精神视域能够站在一定的高度审视并表现人类、祖国、历史这些宏大命题,能够一直胸怀积极希望和赤忱信仰的作家并不太多。我觉得我从情感和实践中都自觉在这样做,也许这也可以称得上是我的一种风格或气质。同时,我又不想为一种风格所囿,我的文学可以写得很细密甚至有点啰唆,我也可以写得简单,甚至一二百字写成一个微型小说也有,我也可以写得非常传统,比如非常现实主义的《这边风景》。常常地,我在寻求文学的突破,更直接地说,时时要突破自身。我觉得文学就应该处于这种发展变动、活力发挥之中。

沈杏培:在我看来,您本质上是一个诗人,总是充满喷薄而出的诗情和狂放不羁的想象力;您又像一个哲学家或不断参禅悟道的思想家，不断与所经历的一切和解。由于这两重身份，您的文学一直在"生长"，从没停止"更新"。您的文学没有"暮气"。郜元宝老师二〇一七年有一篇从《女神》说开去的文章，题目就叫《文章平生不萧瑟》，显然是和杜甫"庾信平生最萧瑟，暮年诗赋动江关"相对而言。这是逆龄生长，年龄越大，文学王蒙更像一个顽主，像一个先锋，时尚、前卫、狂放、不羁、老来俏、猴性十足。您认同我这样的判断吗？

王蒙：这个判断比较符合我的文学个性和创作实践。我是一个时时充满文学激情的写作者。我热爱这个行当，我喜欢爬格子带给我的巨大快乐。我这一生有很多爱好，游泳、唱歌听歌、读书、登山与散步、上网、讲演、浇花种树、睡觉，都是我的爱好，但我的"第一爱好"是写作。而且我喜欢在创作上求新求变，不断尝试不同风格的写作，这种写作上的"生长性"也是我极为看重并实践的，在有生之年我会继续探索并拓展写作的无限可能性。

沈杏培：伍尔夫在评价俄国文学时提出了一个观点，认为俄国文学有种"深刻的悲伤"，正是这种"深刻的悲伤"创造了俄国文学的典型特征。无论是托尔斯泰、陀思妥耶夫斯基、契诃夫都如此。从一九五三年的《青春万岁》，一直到最近两年的《生死恋》《笑的风》《猴儿与少年》，纵观您的文学，我有两个基本的判断，第一，您的文学有这种"悲伤"，有一种独特的"悲剧感"。您的文学塑造了至少三种悲剧：尹薇薇、赵慧文式的日常悲剧；《组织部》和季节系列所书写的林震、钱文那样的时代与体制的悲剧；《活动变人形》倪吾诚遭遇的文化悲剧。第二，您的文学尽管有这种悲剧感，但总体上您的文学提供了一种关于中国革命与历史的盛大的浪漫主义叙事，这种浪漫主义的内核体现为宽容、快乐、超越（逍遥和解），尤其到了晚年的作品充满了大开大悟、纵横捭阖、纵声放歌、傲视寰宇般的豪情、通透、豁达、快乐。您如何看待您的文学叙事中的"悲伤"和好玩/"快乐"？它们是否体现了"深刻的悲伤或快乐"？

王蒙：……我说过我是一个蝴蝶，有人注意的是我的翅膀，有人注意我的飞翔，有人注意我的栖息。有一位海外朋友注意到我的幽默，丁玲老师说过王蒙说相声。还有人只注意我的机智，或者干脆是世故与老练。怎么办呢？我是王蒙，我写长、中、短、微型篇小说，新诗旧体诗，我出过幽默小说集、诗性小说集、荒诞小说集等等。为什么要拘于一格呢？心有多大，文学就有多大，风格就有多大。为什么要排他呢？我提倡党同喜异、喜新好旧、沟通中外、消化汲取，三人行必有我师。同时我的核心质素，也绝无含糊。请读者论者明鉴吧。

沈杏培：二○二二年的《霞满天》是一部我非常喜欢的小说。有两点特别打动我，第一点，这部作品提供了非常精彩的老年叙事，它和《笑的风》《猴儿与少年》一起构成老年学的文学文本；第二点，《霞满天》是作家王蒙的《活着》。蔡霞面对接踵而至的丈夫空难、儿子在游乐场事故、丈夫与保姆偷情背叛自己这些痛苦与厄运，她以蔡霞式的坚韧、善良、理性"活着"，令人动容。相对于余华的《活着》，蔡霞主动、理性，在生存意义和哲学意义上，蔡霞式的"活着"，更有价值，一定会成为当代文学中的闪亮的人物形象。我想问您的是，《霞满天》中的蔡霞，有现实原型吗？她是您作品中迄今为止最为闪亮的女性吗？

王蒙：《霞满天》书写了一个在苦难中坚韧屹立的女性。主人公蔡霞这样的女性，我在现实中遇到好多，她的命运多舛，连续不止一次碰到旁人遇不到的霉运和苦难，但是她能够不为这些厄运所压倒。你讲的这个问题我觉得很有意思，"活着"可以有各种不同的调子，要是高调、务实而又个性化就很可贵；要是光有高调，尤其是将高调当作一种手段，一种旨在攫取个人利益的手段，那么，这种高调是很容易被别人识破并厌弃的。可是《霞满天》中的蔡霞，我并没有把她当作是一个多么先进、多么完满的人物。通过她我主要想表达这样的想法：个体不能在现实的不幸面前毁灭自己，不能因为碰到了不幸的事情就否定人生。我们不管碰到了什么事都不能抱人生的虚无主义，不能抱生活的虚无主义，不能抱世界的虚无主义。因为人活这一辈子是很宝贵的，人类都已经有了几十万年以上的历史，在相当文明的基础上才有了我们。对自己宝贵的人生，不管碰到了什么难处，不管碰到了别人所无法想象的灾难，我们都应有一种积极的态度，要能保持我说的"快乐主义"，要能抱有对人生的信心。我们当然可以把人写得非常脆弱或卑贱，但那样会简化人之为人的高贵属性。这样的道理应该被我们铭记，即人不能只在怨恨、咒骂、诉苦、怀疑、仇恨之中度过，而是应该即使身处艰难和困境中依然能够积极生活、克服苦厄。以我自己将近九十年的人生经验来说，我愿意对人生抱积极的态度，对生活抱乐观的态度，对人类抱期待、希望和信心的态度。我们不必急于夸张地宣判生活和人生的死刑，那是弱者的选择，至少我不会那样做。

沈杏培：可不可以这样说，蔡霞这个形象实际上体现了您一直所秉持的快乐原则，她的豁达、善良、乐观面对厄运的精神与您所主张的人生态度和艺术精神是相吻合的？

王蒙：可以这么理解。通过蔡霞我想说的是，人要有迎击困厄的精神。我们在人生中不知道会碰到什么事，我们不知道什么时候会碰到天灾、人祸和小人。如果你有成就你会碰到妒恨和暗箭，如果你没有成就也许会碰到轻蔑和侮辱，面对这些，我们能怎么办呢？发疯吗？我前面说到我在中央电视台的谈话，我记得最后结束我和主持人的谈话时我是这样说的：What else can I choose, kill myself, or be crazy？I have to be optimistic. 意思是说，我需要乐观，乐观以外没有其他选择。

沈杏培：您在《霞满天》里面创造了一个词，叫"永远的激情飙客"，这个词特别精彩，用来形容您的人生和文学，再恰当不过了。无论是文学创作还是现实生活中，您就是这样一个"激情飙客"。您觉得这种描述对吗？

王蒙：这个词确实很像对我的素描。我就是这样一个永不服老、永远充满激情的人，无论对于生活，对于写作，对于未知事物，我都充满了探索的激情、学习的激情。我即将跨入鲐背之年，我希望我的激情永在。如果再吹一句，那就是说：同时我保持着必要的清醒。我不喜欢装疯卖傻。

沈杏培：提到激情，我想咱们来聊聊您的另一部新作《猴儿与少年》。我对您的文学创作有一个判断，那就是永不服老，没有那种暮气，永远是前卫、时尚的，永远在不断地和自我进行博弈、突破，我认为您的创作充满"猴性"。您的《猴儿与少年》是一部怀人忆事的作品，是您对过去岁月的一次深情打量。这个作品有两点值得我们关注：一是选择一九五八年这个切口进入历史，呈现一九五八年的理想主义和"狂欢嘉年华"的时代特性，以此重构施炳炎／王蒙的精神成长史的"五八年时刻"；二是这部作品有强烈的抒情性，既有革命乌托邦年代的壮阔和豪迈，还有我与少年侯长友的动人故事，尤其是二叔猴儿哥和三少爷小猴子的人亡猴散的悲剧故事所带来的伤感悲情美学，令人动容。我想问一下您的这部作品在创作的时候的初衷是什么，还有它与《青春万岁》、"季节系列"这些讲中国建国后历史的作品之间的关联是怎样的？

王蒙：首先，从我个人来说，我的写作没有一个长期的计划，我并不能提前断定未来几年我会写什么，我的写作历程并不是按照既定计划按部就班实施的结果。尤其是中短篇的写作，往往是和倏忽而至的灵感、刺激、动机有关联。其次，《猴儿与少年》写的过程中我感到越来越有兴趣的是猴子，因为我以前的作品很少认真书写动物。我的《狂欢的季节》里写到了猫，作家铁凝看过小说后写了一篇文章专门谈到这两只猫。《猴儿与少年》浓墨重彩写到了猴子，实际上也是换一个角度来谈人生，或者说借写猴子而写人生世相。

回到你说的一九五八年的问题上来。一九五八年对于一个作家来说是一个非常重要的写作契机。党史对一九五八年的"大跃进"有基本的判断，那是中国当代史中的弯路和歧途。但是对于作家来说，附和这种政治性的历史结论不是他的任务。我作为一个党员完全接受、拥护关于党对这段历史的评价，但是小说要写的是普通人的感受、各种不同的人的感受，种种生活细节。这种感受与细节的滋味各个作家、各篇作品都是，必然是各不一样的。你可以认为会把一九五八年描述为一个虚夸、狂热的年代，这样的年代我们都是亲身经历的。但是，除了这种政治性的历史认知，我们对一九五八年还可以有其他路径和视角，通过这些路径和视角，我们可以得到其他的感知和况味。我喜欢邓小平讲的一句话，"摸着石头过河"。中国是非常骄傲的一个大国，又是一个在近代经历了太多屈辱，终于在共产党领导下取得了全国革命的胜利，建立了一个新社会、新中国。我们曾经以为我们应该有一个办法能打破一切的规律、按部就班，几下子就超英赶美，苏联更不在话下了。另一方面一些人抱着热情在那里劳动，为了创造卫星，把半年里要吃的食用油都不吃了，当作肥料上到玉米地里面的情况也有，这里面也有很多可爱的不能够忘记的东西。当年陕西有个老作家叫王汶石，他写过一个长篇小说的开头，叫《黑凤》，在《延河》杂志上发表。这个小说也是以"大跃进"为背景，塑造了一个决心把自己的一切献给社会主义农村事业的回乡中学生丁黑凤，她是一个"惹人怄气而又干劲冲天，既不饶人又一刻也不为她自己打算的孩子"，她全身心投入到农村建设中的热情令人泪下。因而，对于政治运动和历史事件，不同个体的内心体验和情感经验都是不一样的。我之所以选择一九五八年作为切入点，也是基于这样的考虑，即我要书写出一九五八年历史深处的热情、理想和崇高。

沈杏培：《猴儿与少年》中的少年侯长友这个人物的原型您能跟我们分享一下吗？

王蒙：侯长友这个人物是有人物原型的。我在门头沟劳动的时候遇到过这样一个人，后来在二〇一一年我去看过他，结果他不在家，他的老伴说他因为神经有毛病去密云精神病院了。后来又和我说因为争水，他们村和上游一个村子的人打起来了，打死了一个人，他也参与了斗殴。因为当时他年龄也很大了，村民为了保护他，把他送到了村里留学生开的民营精神病院做检查，假装鉴定出有精神病，这样避免了在六七十岁被关进监狱的命运。事情到此时还只是真戏假做。惊人的地方在于，我们前几年又去看望了他一回，这一次发现他确实有了精神健康方面的病态。这个过程荒诞得像是小说。他本身是一个非常好的人，善良、可爱，他的生活也很不错。他和我们说他对党和国家没有一点异议，每月他和他老伴共有一千五百元养老金，他认为足够养老了。他在山区农村里，养点兔子，栽了几棵树，种点小白菜、萝卜之类的菜蔬，生活过得比较惬意。我去他们家的时候，他特意把杏仁露、装鸡蛋的盒子、牛奶都摆出来，意在告诉我们他的生活很富足。今年五月广西那边组织了首届"漓江文学奖"评选，这部《猴儿与少年》获得了该奖。余华等评委很重视这个人物，认为这是一个既真实又具有极强艺术感染力的文学形象，这是一部"激越飞扬的生命奏鸣曲"。猴哥二叔的遭遇及其书写，从一个侧面说明我不是那种弱化底层苦痛一味美化历史和现实的作家。他过去被认为是有二流子习性的人，但他很聪明，不愿意按一般的规律生活，是属于猴性大于人性的那种人，他的生命形态是很特殊的。总而言之，不管历史层面的"大跃进"如何，我要书写的是真实的五六十年代里，另一种真实的民间和底层的人们，他们身上有正气、乐观、单纯，也有狭隘、悲剧和苦难。我通过猴和人的死亡实际上也表达了一种悼念和伤感在里面。人生就是这样，摸着石头过河，有时候摸对了弄得特别棒，有时候没摸好就被埋进去了。某种程度上，猴子的故事就是人的故事，猴子的命运就是人的命运，猴子的命运与人和社会难以分开。我对这部作品的猴子叙事非常喜欢。

沈杏培：您在《猴儿与少年》这部小说中书写了"一九五八年"的感动、热情、豪情、壮阔、新生、敬意，但是另一方面，一九五八年作为重要历史节点，其中的理想主义和乌托邦色彩所预示的危险、苦难、低估、错误、偏执、狂热、痛苦，是不是应该得到关注和表述呢？以一种达观、超脱的视角回溯一九五八年，历史会不会有被美化的危险？个体史、成长史、下放史固然可以是欢快的、热情的，但这背后的社会史、国家史在作家笔下，是不是应该冷静、审慎、理性一些？对于比较年轻的读者来说，如果他们缺少对五六十年代的历史认知，而把这部小说所呈现的热情、理想、壮阔理解成就是那个年代的本质，是否会带来他们对于历史的片面性理解呢？如果您用"王按""旁注"的方式对一九五八年的这种浪漫主义叙事加进一些理性而客观的"补叙"，是否可以使这部作品在历史理性上更加完整一些？

王蒙：这个就很难说了，因为我觉得历史的"负面"我基本上没有回避。我没有回避饥饿——我没写人饿死，但我写猴子饿死了，我也没写人的自杀，但我写了猴子的自杀，我等于把人类付出的某些代价借猴子来承受了。从我的角度看，我写到这一步，已经非常足够真实而尖锐了。党史就是党史，小说就是小说，诗歌就是诗歌，文件就是文件。尤其对于一个党员作家，他精神上必然会与党同心同德。但对于要看小说的人，我觉得用不着加这些"补叙"，这会使我们的文学的思路变得狭窄。我的作品并不拒绝生活的真实和尖锐。比这部作品尖锐得多的是《这边风景》，因为它是在一九七四年左右写的，我写这部小说的时候并没有任何政治上的预见，谁也不知道后来的历史会怎样，但这部作品记载了那个年代的真实。

顺便说一下，我写作上有些方面跟别人不同。比如，我甫一创作便直接写长篇小说《青春万岁》，而青年作家所受到的教导都是要从小型的作品写起。这种教导当然是有道理的。但我为什么非得从长篇写起呢？我的体会是，我写中短篇是"我写小说"，写长篇是"小说写我"。因为写长篇需要调动写作者的完整的历史经验和生活经验，通过激活和组织，将这些经验重新排列组合，铺衍成文。我在写《青春万岁》的时候，并不太懂小说技巧。对于我这种充满激情而又具有扎实生活经验的人来说，长篇小说的技巧性其实没有那么大。有不少写出长篇小说的人并不是专门从事写作的作家，但丰富、独特的经验可以支撑他的写作。比如一个人当过三十年间谍，经历了各种惊险奇异的事情，这时，他的文学表达水平如果能达到高中八十分以上，他就可以进行长篇小说的写作。再如，一个人在监狱里面住了五十年然后出狱了，在我看来，他就具备了写长篇的"经验基础"。特殊的、全面的、完整的生活经验，有时候比小说的技巧还重要。《这边风景》也是这样，我要是在"文革"时期写作品，我就更不能写短篇了。一个短篇总共就几千字到万把字，如果把与"文革"时代相要求的每样东西都放进去，就没有自己说话的余地了。可是我写伊犁的农村，以写维吾尔人为主，那么与"文革"相关的时代风云顶多占了作品的百分之十，其余百分之八十五我还可以写那里的生活、日常的生活、农民的生活、劳动的生活、爱情婚姻的生活、宗教的生活。也就是说，如果写到一九五八年就批"大跃进"，写到一九六八年就批"文革"，这个小说就没法写了，那些东西再重要，但它是背景，是小说的某些标志，不是小说本身。所以我觉得如果加那些注脚，绝不是成功的办法。

沈杏培：您的写作中有个有趣的现象，好几部作品都塑造了"男性娜拉出走"的命题。中国现代文学开创了"娜拉出走"的命题，鲁迅还有一篇题为《娜拉走后怎样》的演讲。鲁迅《伤逝》中的子君、巴金《寒夜》中的曾树生都是出走的娜拉。在您的作品中,塑造了一批从家庭出走的男性,比如《活动变人形》中的倪吾诚、《生死恋》中的苏尔葆、《笑的风》中的傅大成。这样的"男性娜拉出走"的叙事,是一种偶然为之,还是您的自觉书写?通过这种结构,您试图表达怎样的思考呢?

王蒙:我也觉得这是一个很有趣的问题。我开始写的时候不见得有多么自觉,《活动变人形》是根据我童年的家庭生活的经验写成的,当然也不可能完全是如实的,还是有虚构的部分。"五四"时期,个性解放和婚姻自主是时代呼声。鲁迅、巴金、茅盾和当时的作家都有这方面的文学叙事。包办的婚姻是万恶的,自由恋爱是幸福的源泉。但问题在于,包办的婚姻不道德,但是自由的恋爱就一定能得到幸福吗?事实上并非如此。自由恋爱并不必然通往幸福,因为幸福需要的条件包含很多方面。你吃不饱肚子,挣不上钱,个体是没有幸福可言的;恋爱双方如果没有足够的文化,缺少和而不同的基础也不会太幸福;如果恋爱双方身处恶劣的环境,就像《伤逝》中的子君和涓生那样,也不可能有幸福。这是一方面。还有更严重的一个问题,当新思想来了以后,处于社会中的男人觉悟了,坚决要求离婚,他原来娶的那个女人怎么办?有太多这样的中国男子——我不愿提他们的名字和身份,尤其是在城市生活的男人,他们有工作,有文化,他们身后有一个被休掉了的、代表封建包办婚姻的女性群体。这些女子被休后的生活是什么样的,我们的文学里头很少触及。别人我不太好说，我可以谈谈我的母亲。我的母亲曾不止一次跟我说过，回想起生活，她只有恨，她说如果我没有新的思想，我这一辈子也就这么过去了。但我是有新思想的女性，我怎么办？《活动变人形》里有一个情节，倪吾诚告诉静珍，你至少不要罗锅着（河北方言），胸要挺一点。静珍的回答是：你找挺胸的女人很容易，上窑子里去吧，妓女才挺胸，我不可能那样走路。在这样的冲突下，女性没有理由也不可能挽救这个婚姻，结果只能是被休弃。男性休妻或离婚之后，建立起新的婚姻。但据我观察，有时候这种新的婚姻依然无幸福可言。好处在于，婚姻没有原来那么压抑和可怕了。令人痛心的是，那个被休掉的女人就像被抹掉了一样。《笑的风》中的傅大成和白甜美的婚姻也是这样的情况。傅大成在农村开始上中学的时候就结婚了，对象比他大个两三岁，人漂亮又能干，无所不能，社交能力、劳动能力、创造财富的能力都高于这个男人。他们两个人的关系一直还算好。但是傅大成一直咽不下这口气，说我这个婚姻是包办的，我太痛苦了。

沈杏培：这种决绝地要挣脱既有看上去婚姻很美好的男性，还有《生死恋》里面的苏尔葆。

王蒙：苏尔葆的情况与傅大成还不太一样，他需要一个能干的女性来帮助他料理家务，但是他对她并不产生感情，也不产生趣味。问题是，休妻离婚再组建家庭之后，他们获得了真正的幸福吗？这些男性把包办的婚姻和妻子甩掉了，这些女性就跟被抹掉了一样，但是他们新得到的这个婚姻和妻子，并没有给他带来稳定和幸福。

沈杏培：《笑的风》中的傅大成和心心念念的作家杜小娟两人结合以后，就是这样的情况。

王蒙：没错。杜小娟原来还有个儿子，后来失散了。杜小娟在与失而复得的儿子相认后，她的生活重心和情感很显然放在家在南方的儿子这边。她与傅大成在过了甜蜜期后开始渐行渐远，直至最后再次离婚。说句题外话，我常常在思考中国的包办婚姻造就的这些被休掉的女性命运问题。这些在历史上几乎从不会被记起的女性，承载着文化和传统造就的这种苦楚。我建议应当建个雕塑、哪怕有人画一张这种主题的画，以此来纪念一下这些无辜地变成了封建主义、包办婚姻牺牲品的女子们。

沈杏培：从倪吾诚到苏尔葆到傅大成，您觉得他们挣脱婚姻，在本质上是不是为了获取一种自由？

王蒙：不完全是。"五四"是一次精神的解放，是反封建的。苏尔葆实际上是因为他家庭情况不好，在比较"左"的形势之下，他不敢自己找一个自己的爱人，父亲老成那个样了，母亲又是一个病人。他本人条件太好了，从上小学就被很有主意的女生单立红看上了，所以他摆脱不了，他始终没有办法，最后他又有很多老的思想，对于能不能跟单立红离婚，他并不确信。苏尔葆是一个善良而柔弱的人。为了挣脱这个婚姻搞得身心交瘁，千辛万苦离了婚后再回去找自己的相好，发现人家已经结婚了。苏尔葆放弃了旧有婚姻、亲情和财富，想要获得自己选择的爱情，却没能实现，最后几乎一无所有，以致精神崩溃。

沈杏培：倪吾诚、苏尔葆、傅大成都选择了离婚和出走的方式来实现自己的理想和价值，却不同程度地遭遇了悲剧。您赞成他们这样的选择吗？

王蒙：我没有特别赞成或不赞成。说实在的，对这些人的情况，我充满了悲悯和同情。很多人可能都有这样一种误会，认为自己坚定地选择了所谓理想的爱情，并为之付出努力，就能够幸福。事实上，爱情的美好与实现这个社会制度的美好不完全同是一回事。而且，那些要摆脱旧有婚姻的人，设想的爱情和婚姻非常美好，但往往得到了味道也就变了。小说家能做的，就是呈现这种选择的自由和悲剧的状态。

沈杏培：您在探讨这些男性出走，试图自主选择自己的婚姻和爱情时，其实您多次在探讨自由的代价这一问题。您在《活动变人形》《笑的风》《生死恋》这几部小说里多处提到，自由的本质是孤独，自由选择对应的是代价。那么，个体婚恋和自由选择的代价问题，是您自觉在思考的问题吗？

王蒙：我在这几本书中确实浓墨重彩探讨了这一问题。从个人阅历来说，见多了这样的事情。无论中外，爱情、婚姻和道德都是很重要的命题。引用马恩的说法，没有爱情的婚姻是不道德的。但是我在小说里也表达了这样的意思：没有道德的婚姻也是靠不住的。李泽厚先生和别人聊天说到他跟夫人从一而终，他说夫妻不能老是拿感情说事，结婚五十年的感情还要和五十年前一样新鲜和激动，那是不大可能的。日常夫妻感情的联结确实需要责任、道德这些内容来维护。中国文化里有个词，我觉得有一定的道理。这个词叫恩爱，爱是一种恩，你得到了这个爱，你得到了幸福；同时，这种爱也催生出了恩，你有义务报恩有义务感恩——我认为这个词很有意味。否则，如果两性之爱仅靠吸引力和新鲜感维系，几乎太难了。因而，我觉得一个人在跟异性的情感上，只讲欲望，不讲道德，这是放纵和下作的，而且会伤害他人，尤其是这种关系里的男性，对别人伤害更大。现代婚姻里，这样的男性越少越好。

沈杏培：王老师，下面我们聊聊作家身份问题，您的老朋友查建英老师，曾写过一篇很有名的文章，这篇文章是专门写您的，题目叫《国家的仆人》，英文叫 public servant。这篇文章在知识分子圈内影响很大。

王蒙：她的书原来的题目是《国家的敌人和仆人》，"敌人"是写她的哥哥，"仆人"写的是我。查建英和这个哥哥不是同一个母亲，她哥哥的母亲，是原来北京市委文艺处的一个干部，后来划为右派，我们一块劳动过，她是一位美女，是黄兴亲戚。

沈杏培：黄兴在民国时期与孙中山并称"孙黄"。有人说，黄兴如果不死，民国历史可能是另外一番样子。

王蒙：她就是这个黄兴家族的亲戚，有着革命血统。我们一块劳动的时候，我那时的任务是种草莓，轻松而美好。她的任务是喂猪。所以每天我见到她的时候，她总穿着一个围裙，由于不能每天洗衣，她的衣服上总有猪食的味道，熏人耳目。由于有这层关系，我常常称查建英是我大侄女。

沈杏培：查建英老师在她的文章中详细回顾了您的人生历程，尤其您所经历的那些重大事件，以及社会各个阶层对您的评价和争鸣。她一方面充分肯定您是一个务实、包容、热情、开放的现实主义者，她也提到您的崇尚渐进、改良的发展主张，认为您是一个对中国的未来充满乐观的理想主义者。另外一方面，她用"公仆"这样的修辞，意在委婉指出，知识分子应该与庞大的集体、政治保持必要的疏离。您如何看待这个观点？

王蒙：我和建英父母是同辈的，她父亲原来是北京市地下学生运动的领导人之一，北京刚解放的时候，她父亲是那时学支科（学校支部工作科）的科长。建英已经定居美国多年，她有她的立场，她有她对我们这代人的判断。我想说的是，她所希望的那个人至少不是王蒙，是另外的人。我认为王蒙的作用，不是她和自由知识分子所界定的那个样子。她对我还有那样的肯定，我已经很满足了。

沈杏培：在中国，自由知识分子和保守主义者对您都有批评，自由知识分子反对您主张的"中庸"和"快乐"，他们提倡知识分子的独立、批判和冒犯精神，比如朱学勤、林贤治等先生持这种观点；而保守主义者则认为您过于开放和包容。如今再看九十年代与自由知识分子的那些争论，比如"二王之争"，比如《黑马与黑驹》这些言辞激烈的文章，您有新的想法吗？

王蒙：对于这些派别纷争和人事纠葛，我现在已经完全没有任何兴趣了。我觉得当时那种争论层次是非常低的，也没有切中知识分子使命和责任这些重要命题。在"人文精神大讨论"过程中，太多的讨论没有抓住那些真的问题本身。当时我关注的一个重要问题是，汹涌而来的市场经济可能会带来文化和精神的世俗化。最近我在网上看到一篇文章，作者叫押沙龙，文章名称叫《俄国文化有一种伟大的病态》。如果把这篇文章和我当年对"人文精神大讨论"中的看法联系在一起看，会很有趣。这些历史恩怨我就先回顾到这里，具体的人事纷争和观点交锋就不仔细说了。其中的一些所谓矛盾，有的已经化解了。有一次在一个场合，董健先生还在的时候，我跟王彬彬也互相握手言和了。

沈杏培：王老师，我记得您以前抽烟，后来下决心戒掉了，再后来出现过抽戒反复的情况吗？

王蒙：我抽烟和戒烟显示了我的教条主义特点。第一，我抽烟，是到了新疆，那时"文革"很快就开始了。生活太烦闷了，连个说话的人都没有，抽烟是我释放自己和解闷的一种方式。第二，我戒烟是在新时期，进入新时期之后，社会形势逐渐好转，我的约稿增多。很多弄文字的人一写稿子就必须吸烟，而我一吸烟就写不成稿子，因为一吸烟我就犯困。我写作时还有个特点，一旦进入写稿子的状态，我很投入，但划火、点烟、弹烟灰对我的干扰太大了，所以我一写稿子就不吸烟了。有时候忽然又很想吸，尤其吃完饭想吸，怎么办？我就阅读报纸上宣传吸烟有害健康的科普文章，以此自励。很多人可能不知道，吸烟对人最大的危害不是尼古丁，尼古丁有一点麻醉作用，对人的危害较轻。对人危害最大的是香烟在燃烧过程中产生的"34苯并芘"，这是一种特殊的化学物质，我每次看"34苯并芘"，这五字真言，像五根钢针，令我后怕，就这样我把它戒掉了。在我部长卸任以后，文化部的老秘书们在一块讨论，说王蒙的特点，一个是行右实左，因为我话说得是比较开放的，我做起事情非常谨慎，突破规矩的事情，我从不干；另一个是教条主义，你与其说王蒙是修正主义，不如说他是教条主义，爱从文字上找灵感，执行力很强，抽烟和戒烟是我这种教条主义的明证。

沈杏培：王老师，我们把这五字真言写到访谈里面，留给那些总是戒不掉烟的朋友们，看看他们能否吸取到戒烟的力量？

王蒙：哈哈哈，好啊。但我估计很多人记不住"34苯并芘"，如果记不住，何来戒烟的动力？

沈杏培：二十世纪九十年代初，针对市场经济环境下，文人开始不再关注现实、放弃启蒙使命，理想主义和人文情怀逐渐淡化的现实，学界掀起过一场"人文精神大讨论"。您也是那场讨论的参与者。今年刚好是"人文精神大讨论"三十周年。如今再次审视这场思想文化运动，您觉得这场运动的价值是什么，这个命题在当下有无再次发起的必要，如今再次提倡人文精神，需要在哪些方面进行突破？

王蒙：那场人文精神讨论，我自己也参与其中，我的参与有粗糙草率处。所谓讨论实际上没有多大的影响，偏于空论。我只说说关于庸俗化和世俗化的问题，因为讨论的背景牵扯到市场经济带来的某些文化、精神和艺术上的变动。庸俗化是一种倒退和变质，但世俗化未必如此。我对世俗化的认知，包含着自身的体会。我曾在新疆劳动十六年，我比较关心新疆的事情。由于有这样的经历，我能非常流利地讲维吾尔语，能和他们完全打成一片。在我看来，新疆一定要坚持社会的世俗化，如果不是世俗化的社会，和他对立的，不是人文精神，而是极端的宗教信仰，三股势力。我前前后后给中央党校的新疆班讲过二十四次课，每一次课我都要讲新疆的伊斯兰教是中国的伊斯兰教，新疆是世俗社会，不是神权社会。当代的新疆应该是一个健康的世俗化的新疆,而且这种世俗化天然包含了关心民生疾苦这层意思。另一方面,我们又不能只要世俗的经济利益,甘做市场的奴隶。我们还应该有对社会正义,对人文精神,对生存信仰、良好风气和精神文明的追求,这样表述应该相对全面了。

沈杏培:您在文学史和思想史上,被称为"右派作家",丁玲、从维熙、刘绍棠、梁南等等都属于这个派别。"右派作家"受了很多苦,但是右派作家都以一种包容和理解处理这种苦难,因而,在文学中体现为虽然历经劫难,但内心九死未悔,充满光明的乐观豁达的心态,令人感动。您和丁玲等作家,将这种精神归纳为"娘打儿子情结"。这种情结固然体现了知识分子主体的高尚感和悲剧感。但不少人也对这种"娘打儿子情结"提出了担忧和质疑,他们认为对于历史和苦难,采取这种宽容、豁达,会不会稀释、消解作家在反思历史时应该有的思想深度和批判力度?您如今如何看待这种"娘打儿子"主张?"娘打儿子"主张有没有值得校正和警惕的地方?

王蒙:首先,"右派作家"的说法恐怕是不能成立的,因为从中央的文件来看,这个说法整体上是被否定的。反右运动本身是很复杂的,周总理在一九五八年初,回顾这场运动的时候,说全国划为右派的人有几十万。后来胡耀邦主持右派摘帽时,发现右派的数量是这个的两倍或者三倍。第二,被划为右派的个体,情况也是各不相同。我听说有一个十八九岁的打字员,评了前一年的工作模范,可是有些老打字员不服气,在一块议论为什么评她为"打字模范",她哪有我们打得好。另一个人冷嘲热讽地说,人家年轻,人家细皮嫩肉。她听后感到既屈辱又愤怒,一气之下把奖状撕了,结果就被划成了右派。她对划成右派唯一的反应就是哭,你让她做检讨她不会,她哪会做检讨,让她劳动她也哭,让她吃饭她还是哭。现在还用"右派作家"这个词,我觉得很讨厌,等于是和中央政策唱对台戏。邵燕祥曾写过一篇文章,认为"娘打儿子"这个说法并不好。从我个人来说,我被打成右派,责任很大程度上在于我自己。还有一点,就是我在很多非常困难和凶险的情况下得到了许多人的爱护和帮助。我的内心从来没产生过非常悲哀、非常对立的思想。我常常觉得,右派的这段生涯,其实给了我另外一种生活,新疆生活是我人生中的重要阶段。我去新疆的时候,原来所在单位的北京团市委的书记,还给新疆自治区党委的副秘书长写了信。可以看出,我算是那个年代非常幸运的一位。对于我来说,不但有北京市的生活经验,还有了新疆的农村生活经验;不但有首都的生活经验,还有了边疆的生活经验;不但有汉族的生活经验和语言文化,还有了非常特殊的新疆地区少数民族的生活经验和语言文化。我并没有像很多人那样受过多大的苦,这是我的真实的经历,因而,我不可能在结束这段生活后去咒骂生活、怨天尤人。你提的这个话题很有意思，我们以后可以再聊。

沈杏培：我想和您聊聊"革命"这个词。您曾说过，您的青年时代有四个关键词，它们是革命、爱情、文学和苏联。您还说过，王蒙其实很简单，他自幼参加了革命，他对待革命充满理想主义的憧憬。您还说过，我赞成的是改良。在史学界有一个基本的共识，那就是二十世纪是革命和战争的世纪。时过境迁，我们应该对二十世纪的革命进行理性反省，总结经验与教训。李泽厚、刘再复在一九九四年前后就提出"告别革命"的命题，他们和您一样提倡改良和建设，反对革命。他们反对把革命当作圣物崇拜、反对知识分子充当革命家、反对中国冒充世界中心向外输出革命。二〇二〇年汪晖先生的《世纪的诞生》出版，为中国革命进行辩护，试图确证中国革命对世界的普适性。学者荣剑今年出版专著《世纪的歧路——左翼共同体批判》，针对性地反驳汪晖的观点，认为汪著在为革命招魂，试图为世界输送中国革命经验。我们想听听您对二十世纪中国革命的理解，我们应该以怎样的态度看待"革命遗产"，以及您对自己早年确立的"革命认同"的反思。

王蒙：每个革命都有自己的历史条件和发生动因，我们所说的中国革命指的是，从孙中山领导的革命开始，到后来国共合作的大革命，再到后来共产党所领导的以土地革命为中心的革命。实际上，二十世纪的中国革命早已经酝酿、进行很久了。

第一，它和中国历史上的农民起义有密切的关系。第二，它和近现代中国社会的各种矛盾，包括中国和世界列强的矛盾，以及和整个中华民族苦苦寻找民族发展出路的坎坷命运紧密联系在一起。对于一般性地反对革命，我是不认同的。我不知道他们是不是反对美国的独立战争，是不是反对法国大革命，是不是反对包括有些第三世界的国家，要求本国独立的革命？所以我觉得一般性地说"告别革命"和一般性地说"明天就革命"，这都是同样幼稚和无意义的。至于中国，我甚至认为只要你看过《水浒传》《红楼梦》，你都会赞成革命，认同革命。胡乔木同志和我说过，俄国十月革命的时候，连高尔基都吓跑了，彼得堡的工人和退休工人、伤兵突然把东宫砸了，这些人就这样把高尔基吓跑了，阿·托尔斯泰也被吓跑了，这些人都是后来热衷于歌颂苏联，甚至于歌颂斯大林，歌颂彼得大帝的人。在中国，一九四九年，百分之九十的作家从美国、日本、法国，更多的是从香港，投身于北京，来欢呼革命的胜利。我觉得空洞的告别革命和不革命是没有意义的。该革命的时候就得革命，当革命酝酿到一定程度，付出了一定代价时，不革命是不行的。苏联付出代价最大的是一九四一年到一九四五年的卫国战争，苏联付出了惨重的代价，几乎家家都有阵亡的人，如果某一家一个人都没死，别人会这样看待：第一你是偷懒，第二你是逃兵，第三你是叛徒，第四你是间谍——当然，苏联战争时期的那种时代氛围也不值得提倡。因而，怀着一种理想主义，为民族前途进行革命，这是正义而必然的，如果这时候提倡告别革命，那是很不正义的。

你看看《官场现形记》里晚清中国官员是什么样子，你看看国民党时期那些官员的腐败堕落，你再看看日伪时期的中国社会是什么样子，这些历史我都是亲身经历的，我深深觉得没有共产党的革命，就没有中国的独立，没有后来民族的发展。所以，不联系中国历史特定情境，空谈"告别革命"，实际上一文不值。其实李泽厚他们"告别革命"，也被西方反共和反华分子所反对，因为他们希望继续革命，他们要求的革命是革共产党的命，是一种别有用心的革命期待。

沈杏培：李泽厚所说的"告别革命"，是指他们在总结和回顾整个二十世纪中国的时候，觉得形形色色的革命给中国带来了深重的代价，他们在总结二十世纪中国"革命遗产"时，认为我们不能把革命的思维、革命的结构、革命的做派绵延到和平年代的建设和发展上，他们更加倾向于倡导改良和建设，反对简单的革命认同。您觉得他的"告别革命"有这样的指向吗？

王蒙：这我就不知道了，这个问题只能去问李泽厚了。他后来回来过好多趟，我还请他吃过两次饭。我想表达的一个基本意思是，革命是一个非常含混、非常复杂的词汇，需要在学理和实践层面进行理性而具体的探讨，不可脱离具体问题和语境来谈革命这个巨型话题。

沈杏培：您的三部自传《半生多事》《大块文章》《九命七羊》，既是您个人心灵史的全面呈现，也是百年中国史的多棱档案，具有非常高的文学价值和文献意义。我在阅读您的自传三部曲时，获得了很多有益的启示。同时，也有一个鲜明的印象，第一部自传《半生多事》有大量关于个体成长史和精神史的信息，比如家庭变故、个体遭遇、精神困惑，以及自己的调整和写作上的应对；但到了第二部、第三部《大块文章》《九命七羊》中，这种宝贵的精神史、情感史的内容变得越来越少，更多的内容是在聚焦对外部世界的描写，尤其是外出访问、工作事务，很少涉及自己内心的动荡、危机和变动。尤其是涉及一些重要或敏感的事件、时刻和问题，您的书写显得语焉不详或欲言又止。我想问的是，新时期以后您的自传内容，是不是刻意回避了自己精神史和思想史这一面，还是说，个体史的内容融进了对大时代的书写之中？是不是由于出版审查制度的原因，而规避了不少重要内容的书写？

王蒙：因为我的作品太多了，只看这三部还不能完整地了解王蒙的全部。如果把七十年文稿中其他五十七卷一起看完，就能透彻了解了。

沈杏培：最后，王老师我们一起聊一个比较时髦的话题。ChatGPT 您知道吗？这是美国人工智能研究实验室 OpenAI 新推出的一种人工智能技术驱动的聊天程序。它能够和人进行对话、互动，还能够完成翻译、文案、邮件、论文写作、创作等任务。去年十一月发布以来，在各行各业掀起了巨大的争鸣。对于文学来讲，文学创作和文学研究的"ChatGPT时代"已经来临，简单来说，以ChatGPT为代表的人工智能，越来越接近于人脑，它们的文学创作和文学研究，与人脑创作差距在缩小。您如何看待AI的出现对作家写作的影响？文学创作将来会不会被更成熟的AI所取代？

王蒙：这个问题提得好。我想告诉你，八月份的《人民文学》将会发表我的一个新中篇小说。小说内容就是关于这个方面的。

沈杏培：好的，非常期待。王老师方便剧透一下小说的题目吗？

王蒙：题目叫作《艺术人季老六A$^+$狂想曲》。这个小说原来的题目是《季老六之梦》，但是我把稿子输入到你说的ChatGPT里后，它给我的小说起的名字就是最后发表出来的这个名字。小说最后结语的地方有一首诗，而这首诗是ChatGPT写的，主人公季老六心里想ChatGPT写诗也就是这种水平，要是找王蒙写，肯定比它写的好得多。所以我认为，下棋咱们可能打不赢它（AI），但是创造性的思维，它只能够第八等以下。

沈杏培：谢谢王老师接受我们的采访，祝您健康开心！

生活与意义（代跋）

生活、人生、世界是先验的存在，意义是生活的经验、光亮、果实、反思。

意义来自对生活与世界的亲爱，用心，珍惜与敬畏。生活不是来自预设的意义，更不是来自预设的穷极无聊的无意义扯淡。

生活是常绿的，实在的，意义是好好生活的产物。生活不是来自你时而弄不那么清的意义。

意义来自生活的实际的比较。当健康与不健康、幸福与不幸福、善良与不善良、智慧与不智慧、清洁与污秽、美好与丑恶、认真与鬼混、诚实与虚伪、勤劳与懒惰、光明与黑暗有所比较的时候，意义清楚得如同在握。

意义来自对生活，对亲人、友人、情人、众人的爱与兴趣。饿了你要吃饭，冷了你要披衣。活下来了你应该游憩出或多或少的意义来。

生活万岁，世界伟大，意义在生活与世界的土壤里扎根开放。在无意义的念念有词中溃烂消失。

别样的
智慧